Amor Reprimido

FREDERICO ANTÔNIO & MARIA EDUARDA

UM ROMANCE ESCRITO POR

FREDE ARANTES

Sinopse

Amor Reprimido é um romance. Foi à forma que o autor encontrou para chegar até sua amada. Tudo começa, a princípio, na cabeça insana do autor (como ele próprio diz) e em sua busca de encontrar a mulher perfeita, aquela que ele criou e sonhou viver esse romance na vida real. Os cenários são lugares paradisíacos e o primeiro encontro deles acontece numa praia deserta... Daí em diante, ele (Frederico Antonio) cria situações que pretende viver com sua amada Maria Eduarda, ate que ele a encontra. A partir daí, esse romance sai de seus pensamentos para a vida real, onde ele narra, com sutileza, algumas passagens do dia a dia do casal, mas sem perder a magia que encantará a todos. O final do livro é surpreendente e revelador!

Fred Arantes, o autor.

Amor Reprimido

Frederico Antonio & Maria Eduarda

3

ALIMENTAR-ME DE VOCÊ.

Alimentar-me do seu amor... E dá uma inevitável sensação de prazer. Sentir você dentro de mim Me diz que eu sou você. É uma linda simbiose de meu ser Sentir você crescer em mim, Me transbordar de prazer. Eu sou você! Eu em você a esperar... Um ao outro para nos amar Somos a música e a melodia, Somos à noite e o dia, Somos o céu e as estrelas Somos um ao outro a nos amar. Uma simbiose perfeita Que nos faz completos. Deixar o tempo passar Me alimentar de você É como respirar... Me diz que eu sou você. Isso me faz acreditar Que somos um só a transbordar, Somos feitos de amor.

Eu sou você... Eu em você a esperar Um ao outro para nos amar. Somos a música e a melodia, Somos à noite e o dia, Somos o céu e as estrelas, Somos um ao outro a nos amar.

ILUDIR PRA QUÊ?

Se você não me queria por que me fez acreditar? Não deveria me iludir pra depois me dispensar. Você me fez acreditar que eu iria ser feliz pra depois me descartar. Fui mais um em sua vida agora é hora da partida. Eu errei, errei muito em acreditar... Fui um idiota, não parei para pensar que você me iludia só me usava para brincar. Fui um idiota, acreditei no seu amor. Hoje sou eu que estou sofrendo, mas foi injusto, você mentiu todo este tempo para mim. Pra você valeu a pena porque me fez acreditar. Não deveria me usar pra depois me dispensar. Eu errei, errei muito em acreditar fui um idiota, não parei para pensar que você me iludia só me usava pra brincar. Fui um idiota acreditei no seu amor.

Cheque Mate

Era um jogo descomprometido... Sem intenção de nada mais profundo, mas de alguma forma esse jogo acabou mexendo de alguma maneira comigo... Por que procurar explicações Para algo sem explicações? E a cada jogada me perco ainda mais de mim mesmo. Os jogadores? Somos eu e você nas diferenças dessa vida. Eu algumas jogadas na frente de ti... Nesse jogo da vida.

E você tentando correr pra não parecer uma jogadora perdida Parece não aceitar o xeque mate deste jogo da vida. Jogo duro descomprometido... Não sei se nós dois aceitaríamos perder... Então esse jogo não é tão sem importância assim! Temos mais quantas jogadas?1, 2, 3, 4... Nem sei ao certo, mas que no fim seja uma única jogada, um xeque mate.

Eu e você pelo resto do jogo da vida! Xeque Mate.

Pra falar da gente

Por que não me chama pra falar da gente? Quem sabe, de repente, a gente não se entende... O amor é o que falta na vida da gente. De repente sou o amor que te falta e você não entende Não deixe sua timidez atrapalhar a gente. Vê se me procura pra falar da gente. Acho de repente que a gente se entende. Você é o amor que me falta no meio de tanta gente. Vê se me procura de repente pra deixar falar da gente. Você se faz de boba pra não falar da gente. Não sei, mas vê se me entende. De repente... Não somos tão diferentes... Somos, de repente, o que completa a gente.

Bom dia mulher invisível!

A sua voz que me acalma, seu sorriso que me ganha, O seu olhar que me penetra seu toque que me arrepia e me fascina Ahhhh! O seu beijo que me enlouquece. A mulher que me completa. Você é nada mais, nada menos que tudo que eu criei em meus sonhos. A cada dia mais invadindo meus pensamentos, meus sonhos, meus planos, meus projetos futuros... A minha mulher invisível, hoje você é tudo pra mim!

Cap. 01

Hoje um vento forte bateu no meu rosto... Sentado na areia da praia, veio-me você numa imagem tão pura, ainda estava a amanhecer.

Sonhos vieram pra me fortalecer!Senti você ali bem perto a me enlouquecer. Como uma deusa das águas você saiu e se despiu das armaduras que tinha. Minha vista ofuscada com o sol que chegava, apesar de difícil, percebi que as armaduras caíam... Os raios intensos que me ofuscavam os olhos, por um momento partiu, mas sem perder, contudo o que me parecia o melhor de tudo das armaduras você se despiu. Ah... Você tão linda com achegada das ondas, teu perfume vinha do mar.

Alucinava-me parecendo embriagar-me. Foi de repente que acordei com a brisa fria que aquele mar trazia E quando olhei ao horizonte não imaginava você tão longe. Queria só para nos dois que o tempo parasse e que com ele chegasse à noite a Nossa noite inteira de prazer, Tornando insaciáveis nossos desejos de querer. Para que todas as inseguranças se acabassem no hoje de prazer. Dois corpos que se completam na mais pura expressão máxima do querer. Ah... Como eu te sinto agora aqui junto de mim me pego a degustar... O paladar da sua pele, como um pêssego meu amor, seu suor me transmite o calor dessa paixão de loucos. Ouço você a sussurrar baixinho... Eu não sei, mas acho que me perdi em mim. Eu me entrego a essa paixão que você traz no seu olhar A atmosfera leve torna a ocasião perfeita que em qual quer palavras te sinto sair delas direto para mim. Transpassamos todos os nossos limites vem me abraça te quero ontem hoje e para sempre. Você é meu perigo! Não... Não vem... Tenho medo de te amar e depois de paixão morrer. Aflito na minha pressa de ir eu nem vi você sair, mas eu sei que hoje você vai voltar... Meu coração vai te esperar para ultrapassarmos os limites de nós dois.

Cap. 02

Hoje ao acordar vi que o dia estava lindo. Lembrei-me de você! Busquei em mim, em meus pensamentos, como eu poderia te ver. Parecia que aqui você estava no meu peito, àquela saudade que sempre me devastava. Sensação estranha de você ter estado por aqui... Senti aquele beijo... Aquele que você me deu na praia parecia real no meu descanso. Você me enlouqueceu! Nada mais que de repente eu vi você chegar. Parecia real... Pura ilusão de um coração a sangrar, mas sua presença faz com que as horas passem tão devagar... A cada chegada sua a nossa história tem um novo continuar... Te guardo em mim, e em mim Maria Eduarda, você sempre estará! A cada ida e vinda sua, nossa história tem um novo recomeço sem fim. A sua imagem que guardo em meu olhar é tão nítida que chego até a me assustar. Porque só com você, meu amor, eu quero estar! O seu perfume me leva a crer que tudo o que eu sinto é real, não dá mais pra esconder. Sinto aquele beijo que você me deu enquanto eu estava a repousar em mim mesmo. Você é que nem o uso de entorpecente e se perder sem se encontrar. De repente de novo meu amor te vi partir... Será que ainda volto a te encontrar? A cada volta sua é um novo continuar!

Cap. 03

Esta chovendo aqui. Madrugada fria pareceme despir de toda proteção. Proteção estaque criei por meses com medo de me declarar. Mas hoje ao entrar da madruga você se pôs a me escutar, pude pra você falar e me entregar, te dar o que tenho demais valioso... A chave do meu coração. Sei que de repente não saberás como usála por medo ou por apenas não querer mesmo. Por que nunca te fizeram isso... Teparece assustador né? Mas como diria um sábio "tomai o que de mais valioso tederam, cuida-te da melhor forma que puderes". Mas tudo que está dentro desse coração te assusta, porque nunca tivestes um coração para ti. Mas cuida, explore, desvende e veja se não te encontras dentro dele. E se você lá se achar, pergunte a simesma Maria Eduarda, como gostaria que de ti cuidassem. Pois então esta é a forma que gostaria que do meu coração você cuidasse. E mais uma vez, como o vento que esta soprando nessa madrugada fria... Você se vai.

Cap. 04

Hoje ao acordar resolvi pelo calçadão passear... Na esperança de com você eu me encontrar. Caminhava a observar as belezas naturais, tudo com que Deus nos contemplou. Quando avistei a mais bela você, Maria Eduarda, meu amor! Caminhando a beira mar com suas sandálias nas mãos e seu cabelo a esvoaçar. Você... Tão bela como a natureza ou mais bela do que ela. Corri ao seu encontro pelas areias como quem busca respirar, mas parecia que nunca eu iria te alcançar. Como um velocista vendo a linha de chegada consegui te alcançar... Meu prêmio maior... O meu respirar. O seu olhar parecia não acreditar que eu estava ali que podia me abraçar. Acariciei seu rosto, apreciando a mais bela das belezas que já vi. Em você mais uma vez eu me perdi. Beijar-te é como calar um mudo, vendar um cego ou tampar os ouvidos de quem não pode escutar. É em vão, pois mais uma vez, como uma onda que arrasta tudo pela frente que a ela atrapalha... Você se foi, mas eu sei que ainda volto a te encontrar! E um dia, não mais você se vai!

Cap. 05

Parece-me que você está tão distante... O que será que aconteceu? Ou sou eu que me perdi de ti? Procuro-te pelos quatro cantos da cidade e nada de você aparecer! Será que você se esqueceu de mim? Por que você faz assim? Aparece pra mim! São mais de 24 horas desta busca sem fim... Vai, não faz assim, volta pra mim! Estou tendo alucinações por esta abstinência... Ruim... Aparece, volta pra mim, não me deixe aqui! Sem você para mim parece o fim... Tudo escureceu!!! O que aconteceu??? Alucinações. Medo. Dá-me uma dose.... Só uma dose... Minha heroína, minha adrenalina sem fim.

Acordo de um sonho com o seu beijo. Você me resgatou de mim, o meu amor. Por que você faz assim, Maria Eduarda¿ você e tudo pra mim!!!!!

Cap. 06

Sentamos-nos à mesa da cafeteria Miguel de France, um ambiente mágico propício pro amor. Pra tomarmos um chá da tarde. Eu e você Maria Eduarda, meu grande amor. Sabe aquela tarde mágica? Foi isso que vivi. Como sempre você deslumbrante, vestido longo e branco, protegia seu Corpo como a concha de uma ostra....... Sua pele morena da cor do pecado. Todos pareciam reparar na gente, mas por que seria diferente o clima de amor que cercava a gente tornava aquele lugar ainda mais quente. Com o seu charme envolvente você me enlouquecia como sempre. Sua voz leve como o som de uma harpa em meus ouvidos, entrava me transportando dali para mais uma alucinante viagem das muitas que com você eu já vivi. Me pus a te despir com meu olhar como quem desvenda algo nunca desvendado. Nos imaginei fora dali, entre banheira de espumas em um quarto de hotel. Eu e você e a lua no céu, o seu corpo violino, meus lábios de mel, beijos fortes e envolventes que a gente já não sente......... Ao cair da xícara, como sempre, não mais que de repente, você se foi.

Cap. 07

Minha sentença é o seu amor! Sou réu confesso do seu amor. Confesso que cometi esse crime, mas não me arrependo de amar você, porque amar alguém e talvez não tiver a mesma reciprocidade, talvez esse seja o melhor e mais gostoso crime que um dia já cometi e o pecado mais secreto... Sei que confessá-lo, e confesso talvez não vá me redimir de tal ato brutal que cometi... Ainda mais a mim que pretendo e desejo continuar como culpado deste crime que é te amar. Sei que provavelmente serei julgado e condenado, sem você me amar, mas se for condenado, achas que eu estou preocupado? Não há motivos para o meu desânimo, Por que me desanimar? Muito pelo contrário Eu quero a justiça!!! Sou réu confesso deste amor, me julgo indefeso perante a justiça do amor. Entrego-me em teus beijos e desejos sem pudor, pois internamente e eternamente quero me prender em teu amor... Maria Eduarda me julgue, me condene me prenda em ti! Sou réu confesso do seu amor. Você é a juíza! O meu crime perfeito, amo amar você... Amor que guardo em meu peito... Me dê à sentença... Me condene à prisão perpétua em teu coração... Não me absolva, não tem absolvição... Sou réu confesso desse crime que é amar você!!!

Cap. 08

Ela não vai mais voltar... Dessa vez não né? Você acha que será como das outras vezes? Será que ela vai continuar aceitando mais dor do que alegria nessa vida? Dessa vez, será a última que ela vai deixar a dor de lado, dá pra perceber nos olhos dela...

Será que ela vai desistir de você ou da mania de colocar defeitos que ela dá aos seus pretendentes? Defeitos estes que a faz desistir de si mesma e já não era sem tempo... Eu sei que ela já desistiu de si mesma várias vezes pelos defeitos que ela cria pra fugir dela mesma. Sei também que já jurou nunca mais se entregar; eu sei muito bem quantas vezes ela já chorou, sentindo-se culpada por erros que eram todos dela mesma para com o amor. Eu sei e ela sabe só que ela ainda não se deu conta da preciosidade que está perdendo a sua existência... Estou aqui, agora, imaginando a sua cara ao chegar aqui de volta para passarmos mais uma noite e nos amar. Fico aqui sonhando com a sua reação quando passearmos de mãos dadas e anunciar que não estamos mais sozinhos; vejo nitidamente o seu olhar ao se lembrar do quanto ela se esforçou para que tudo desse certo entre nós, desta vez, porque ela sabe que não deu o seu melhor ainda... Nem perto do melhor ela chegou. Fico imaginando o seu desespero em esquecer, deixar de lado os inúmeros defeitos que sempre criou... Pode ser que um dia ela os encontre por ai dentro dela mesma. Aí, ela vai ate querer se cobrar por algo que não terá mais direito; Sim, vai ser até engraçado ela relembrando cada barreira que criou e ter a certeza que você, com meu jeito torto de ser. Que em cada madrugada vazia você a fazia esquecer dos seus pontos de vista. O que a fez voltar àquele porto seguro que você se mostrou ser ou este seu jeito que a faz rir, que a faz relaxar, que tira dela toneladas de medos... Você a despiu de suas armaduras feministas, de mulher bem resolvida. Acho que naquela praia esta armadura vai enferrujar. E talvez assim, ela vai se entregar... Se você aprender a respeitar os sentimentos dela e mostrar que você sabe finalmente como se deve tratar uma mulher. Espero que sirva de lição pra você Frederico Antônio, quando esta outra chance aparecer. Se é que vai aparecer. Não perca esta oportunidade que Maria Eduarda vai lhe dar e saiba, por que isso esta claro, já existia uma fila enorme esperando o seu vacilo, E ela não vai suportar mais vacilos.

Cap. 09

Olhando para teus lábios, o tempo parece parar... Surge em mim os mais loucos desejos de amor. Vem uma vontade incontrolável de te beijar e de te possuir meu amor! Vontade de ter em meus braços e fazer amor com você.

Quero te enfeitiçar, te seduzir quero ter com você a mais louca história de amor.... Realizar suas fantasias, te ver delirar de amor por mim, quero te dar prazer e sentir prazer. Quero me sentir dentro de ti como um só corpo, quero te desvendar, beijar você todinha cada ponto do seu corpo. Te sentir arrepiar da cabeça ao pés, com o toque dos meus lábios em teu pescoço, minha língua em tua pele deslizar, sentir o gosto do pecado. Sentir teu corpo suando junto ao meu, te ouvir chorar em meus ouvidos antes de você desfalecer. E assim ter a certeza da chegada do prazer. Essa minha vontade de te amar e saciar ao menos neste momento..... Porque minha vontade de você é insaciável e incontrolável; sem seu amor não sei viver.

Cap. 10

O que você acha que quero pra mim? Ficar com você? Mas por quê? Porque sei a pessoa especial que existe por traz desta que se apresenta pra mim e o que faço pra isso, foi como plantar uma semente em um terreno sem adubo. Plantei sim uma semente em seu coração, sei que é trabalho duro germinar amor em terreno não fértil, mas o que posso colher, se conseguir germinar esta semente, me deixara tão contente... Porque tudo que é mais difícil, se torna mais consistente e é isso que espero pra gente: um amor diferente, sólido, maduro, daqueles que nem o tempo vai conseguir apagar. Falo sempre com você sobre o que sinto e o que penso; sei que pensamos hoje bem diferente porque você está sempre sendo uma chata quando se fala de amor. Sei que não será fácil, mas, e daí? Será muito difícil e sei que terei que trabalhar duro nisso todos os dias. Mas quero fazer isso porque eu quero você! Eu quero ter você para sempre ao meu lado só penso nisso! Já pensou você e eu todos os dias? Você pode me fazer um favor? Será que você pode pensar e imaginar a nossa vida? Sim, a nossa, porque quando ficarmos juntos será uma vida só!!! Imagine sua vida daqui há 5 ou 10 anos... O que você vê? Será que consegue nos enxergar junto? Você se vê com este ou com aquele homem? Então vá, pode ir embora. Já te perdi uma vez, não será agora que vou desistir, mas acho que posso me acostumar de novo a viver sem você. Se isso for o que você realmente quer... Mas posso te pedir um favor, só um último favor? Só não escolha a saída de emergência porque sei que ela é a mais fácil pra você.

Cap. 11

Tenho certeza que, pra você, eu me perdi Maria Eduarda. Logo eu que sempre fui tão seguro de mim, como um jogador de pôker na mesa. Mas você chegou e me bagunçou, me virou do avesso, me tirou o chão, me arrancou de mim e depois me abandonou no meio deste turbilhão de sentimentos, sem nem me dar um adeus... Pior, não posso nem te culpar por isso. Você é apenas a minha emoção, a minha razão de viver, porque que eu mesmo me perdi pra você, como num jogo, em um blefe me entreguei, me abandonei a própria sorte de uma relação fracassada entre eu e minha razão. Ah!... E ainda teve o tal do coração, este mesmo que não fez Nada, pra esconder de mim aquela noite maravilhosa, quando você me ensinou aquela música, me ensinou a degustar um bom vinho... Sim foi naquela noite romântica quando nós nos sentamos em frente da lareira da casa de campo e nos pusemos a conversar. Sim, foi nessa noite mesmo que este irresponsável coração está a me lembrar que me perdi pra você, quando de repente o meu olhar encontrou o seu e minha boca encostou na sua... Foi assim que me entreguei a você como um jogador de pôker que perdia amão na rodada e teve que devolver suas cartas pra banca. Eu fui à bancarrota, me perdi pra você!!!!!

Cap. 12

Quem disse que seria fácil me amar Maria Eduarda? Eu mais pareço um mar revolto difícil de navegar. Daqueles que um barco a vela não deve nem tentar... Sou um mar pra transatlânticos, navios imponentes com comandantes competentes... Que saibam navegar em mares revoltos, mas que também saibam navegar em calmaria. Quando a grande tempestade da paixão passar.... Será que tu és uma comandante competente? Ah! Sim.... Porque sou assim, intenso como um mar revolto, quando tu me fez apaixonar, mas hoje sou calmaria ao te amar. A paixão quando estava em mim me chacoalhava, não sei como explicar, e mais ou menos imaginar o barco a vela a navegar em alto mar, com aquelas ondas que por cima dele podem até passar. Quando essa paixão se transformou em amor, este mar revolto se acalmou. Se transformou em calmaria naquela enseada tranquila, gostosa de navegar. Por isso prefiro hoje te amar, prefiro a calmaria dos dias de hoje, a tranquilidade desse amor de enseada do que a paixão de um mar revolto. Assim sou eu, um mar de enseada tranquila para o amor gostoso que hoje sinto por ti.

Cap. 13

Sentado..... Na varanda da casinha branca na montanha, estou a observar como é bela a natureza! Vejo lá embaixo, em seu cercado, meu cavalo imponente, de nome Imperador, a galopar de alegria. Observo a revoada dos pássaros e me coloco a pensar..... Como seria bom se você estivesse aqui Maria Eduarda, para juntos contemplarmos estas belezas da natureza..... E a gente se amar. Me ponhoa sonhar.... Como um escritor destas lindas histórias de amor. Quantas horas ele deve levar para colocar num pedaço de papel tudo aquilo que faz pulsar o seu coração? Os seus sonhos, os desejos ficam guardados ali num pequeno pedaço de papel. Será que seu desejo seria de um dia compartilhar com o mundo os seus mais loucos pensamentos? As sua história, ideias e até um pouco de si mesmo? Sim..... Porque se esse talento de escrever eu tivesse, gostaria que o mundo soubesse que você é meu grande amor! Não, não.... Deixaria um pedacinho de papel em branco, todos teriam um pouquinho de todos os meus desejos e sonhos de viver uma linda história de amor com você; mas como esse dom não tenho, vou viajando em meus pensamentos e guardando cada sonho que tenho dentro de mim.... Em meu coração. Vou te contar um segredo..... Dentro dele já tem um montão de momentos que com você eu já vivi, mesmo sabendo que nestes momentos eu não te tinha aqui. Mas.................. Não desisto nunca de junto a ti viver!!!!

Cap. 14

Dormindo me ponho a sonhar.... Hoje eu te odeio, mas sabe por quê? Porque já te amei demais. Eu sempre pensei que não seria capaz de hoje estar aqui e poder falar pra você, Maria Eduarda, de sentimentos que no fundo pra mim são tão iguais...... O amor e o ódio acho até que deveria pedir desculpas pra mim mesmo por ter sido tão egoísta comigo, mas penso..... Desculpa..... Por quê?Por não ser culpado de hoje te odiar? Hojelembrei de alguns momentos onde deveriater te falado o quanto eu te amava, mas preferi ficar calado. Por um momento consegui estar ali naqueles mesmos cenários, eu nem sei se algum dia cheguei a te dizer o quanto eu adorava o seu jeito de ser, que adorava o teu sorriso sem graça, sempre que te pedia pra tirar uma foto. Minhas lembranças hoje são as mesmas, que me mantinham acordado quando do seu lado eu estava deitado e bem baixinho pra você eu assumia que te amava.

Lembrei quando éramos felizes......... Eu nunca acreditei que nada é para sempre, pra mim sim, o nosso amor era pra sempre, mesmo depois de alguns anos separados, mesmo eu ainda te odiando continuo a achar que tudo é para sempre. Só não foi porque eu não quis, fui egoísta, fui até muito fraco em desistir daquilo que eu amava E nem toda a força desse amor me fez ficar. Hoje as memórias de todos os nossos dias felizes voltam a me infernizar; sei que nada fiz pra impedir de acabar. Socorrooooooo que horas são¿ o que houve?????....... Ai, graças a Deus foi só um pesadelo, nunca vou te odiar Maria Eduarda, eu continuo a te amar!

Cap. 15

Hoje, enquanto eu passeava pela orla, de moto, aquela que sempre adorou, lembrei-me de você... Pensei em te ligar, mas lembrei que não tenho seu número de cabeça ou será que você nunca me deu? Ai então, preferi deixar pra lá Mas me fala como você está, como está a sua vida, você já voltou pra academia? Eu já, mas sabe como é né? Não é mais a mesma coisa, tudo ainda ta bem tranquilo por aqui. Ah! Lembra daquele projeto que te falei? Consegui tirar do papel e está indo de vento em popa! Eu queria que você fosse uma das primeiras pessoas, a saber... Não é nada disso Maria Eduarda... Não foi pra isso que resolvi ligar... É pra dizer que sinto muito a sua falta, que você é muito importante pra mim, que eu te amo e pra saber por que você sumiu... Nunca mais apareceu nem mesmo em meus sonhos... Não vai responder? Fala alguma coisa, por favor! Por que você está assim? Por que está fazendo isso? Você sempre será parte da minha vida... Eu te amo!!! Pensei em fazer um jantar hoje pra gente lá pelas 21h, o que você acha? Responde por favor... Você, como sempre fazendo suspense, enigmática... Vou arrumar a mesa e deixar o seu lugar.

Me responde ok? Tenho que ir, continuo por aqui.

Cap. 16

Tô passando a minha vida inteira no labirinto que é o amor. Sempre perdido, pensando como um dia conseguirei sair dele, mas será que vai ser legal? Me imaginar fora dele no futuro..... Porque hoje é ele quem me impulsiona. Sei que te amar Maria Eduarda, parece estar em um eterno labirinto, eu olho pra frente, mas nunca vejo uma saída; um labirinto este amor é pra mim. Sim, esta é a melhor definição para este amor que sinto por você....Um labirinto, cheio de caminhos de curvas e retas. Sempre me perguntando......... Por qual vou seguir? Meus pensamentos, um verdadeiro labirinto onde cada caminho que escolho vai mudando minha vida, onde cada curva do labirinto não me permite saber onde vai chegar; se será bom ou não. O bom, é que a vida também é formada de vários caminhos. Se pudéssemos saber e desvendar cada um deles... Saber o que eu vou passar se eu escolher este ou aquele caminho seria perfeito! E assim poder não mais errar neste labirinto que é te amar. Eu escolheria o caminho que me trouxesse a felicidade junto a você, com muito amor e paz. O amor é um labirinto! E como um labirinto ele é cheio de curvas e paredes tortuosas que não me permite ver o caminho que me leva até o seu amor. Sei que o caminho que nos separa é tão distante, mas o que posso e devo fazer se sempre escolhos os caminhos errados.

Mas o que é bom em um labirinto é que em todos os caminhos tenho volta e tendo volta é só tentar um caminho diferente. Só ter a coragem de fazer tudo diferente seguindo em frente e poder voltar. Sei que terei sempre dúvidas de qual caminho seguir! Devo acreditar e ter intuição de que o melhor caminho encontrarei. Sempre lembrar que existe um caminho certo, mas sei que gosto de me arriscar por caminhos tortos e desconhecidos. Não tenho medo de voltar em um labirinto, vários caminhos vou encontrar e o da volta eu já decorei e está bem guardado na minha cabeça. Tem vários vestígios dos meus erros até aqui.... Não tenho muito tempo porque esse caminho de volta também pode vir a se fechar.............. E todas as escolhas que um dia eu fiz, podem vir a deixar de existir. O caminho que hoje faço.... Com muitas dúvidas sei que deixará de existir!!!

Cap. 17

Estou tão ansioso para a noite chegar, e com ela, chegou a hora de ir preparando o nosso jantar. Vou colocar a nossa música, abrir um bom vinho daqueles que você me ensinou a degustar Maria Eduarda... Estou ansioso, muito ansioso porque você não me respondeu... Então não sei se você virá... Mas como eu te falei, vou deixar tudo preparado: luz de velas, boa música e um bom vinho. Tudo o que você mais gosta meu amor! Um clima romântico favorável ao nosso amor... Quero sentir o seu cheiro, poder te tocar, te abraçar e te beija! Que saudades estou de você!!!!! Sim, não tenho a certeza de que você virá, mas meu coração acelerado parece anunciar... Estou há contar os minutos no relógio que parecem não passar. Está quase na hora da sua chegada, tenho que me apressar e ainda

preciso me arrumar. já consigo imaginar a noite especial que vou te propor-cionar, espero que no final da noite, voltemos a nos amar Din Don Din Don.... A campainha, quem será??????

Cap. 18

Que bom que você veio, ou é miragem dos meus olhos, Maria Eduarda? Meus olhos..... Estão vendo coisa? Me abraça para eu ter certeza que não é mais nem um truque desta minha cabeça insana.. . Felizmente não é truque nenhum, é você mesmo, tão linda nesse vestido azul de rendas... Não resisti em te beijar, desculpa, sei que fui egoísta pensando só em mim, mas esse teu cheiro me embriaga, me enlouquece ,sou viciado no seu amor. Mas como não ser, se a sua boca é o mais puro néctar do prazer, é a pura tradução do que é amor. Não sei como. ... Mas seu corpo exala um perfume enlouquecedor que desperta em mim o mais louco desejo de prazer... O teu olhar me domina, me enfeitiça, me dá a impressão de que estou em transe total. Vem... O jantar está na mesa! Enquanto jantamos, observo a linguagem do teu corpo, que parece me dizer o quanto você também me deseja.

O calor do teu corpo me aquece e me transporta para os mais loucos sonhos, parecendo ser a cada dia mais impossível eu me afastar de você... Estar com você hoje me revigorou.... .E diante de tudo isso, só o que posso te dizer.

... Que são momentos maravilhosos como esses que me levam a crer que você é meu grande amor. Acabou de jantar? Vem, vamos dançar, porque nesta noite, o único lugar que você vai, é para os meus braços meu amor.....

Cap. 19

Não adianta você viver tentando por todo o tempo se controlar, porque quanto menos você quiser deixar acontecer, mais você vai pensar e vai doer! Deixe as coisas fluírem como tem que ser... Não adianta lutar contra as correntezas de um grande rio; permita-se sentir tudo que tiver que sentir: que seja arrependimento de ter se permitido, ou seja, lá qual sentimento. Enquanto você não se desprender de tudo o que acha que não deve viver, não vai passar... Infelizmente a vida é assim, não sabemos o mal que nos fazemos nos reprimindo, até nos dar conta de que a vida passa rápido e entender que, de certa forma, isso nos machuca, nos mata todo dia um pouquinho... Que não podemos voltar no tempo, nem mudar o que já se viveu e fingir que está tudo bem também não é uma das melhores opções. Isso tudo só vai passar quando você aceitar se entregar... Maria Eduarda queria te contar a fórmula mágica que tudo cura que nos faz esquecer todos os erros do passado, todas as nossas burradas e tantas mágoas???? As feridas servem para nos lembrar que tudo, no fundo, foi uma lição de vida! Até a pior das dores nos ensina. As incertezas serão suas companheiras e, aos poucos, vão te enlouquecer ou você passará sua vida fingindo que nada está a te abalar, quando você sabe que está em destroços por dentro, como uma construção demolida. Liberte-se! Grite! Saia da sua zona de conforto! Sei que no fundo, isso é seu refúgio, a sua saída de emergência. Queria te dizer que o amor é um jogo e nesse você vai perder porque meu amor por você será maior que a sua saída de emergência... No máximo poderei ser o refúgio do seu amor Maria Eduarda...

Cap. 20

Oiiiii!!! Estava pensando em você, que bom que me respondeu... Achei que já era tarde, 02h05min da madrugada e que você só iria ver pela manhã... Você não está dormindo? Que bom, posso te perturbar um pouco... Viu o que eu te escrevi? Ótimo que gostou, aos poucos vou tentando te desvendar, te descobrir dentro de você mesma... Sei que não é uma tarefa simples, mas também não sou de desistir assim tão fácil! Louco eu sou sim, louco por você! Sei que um dia eu te arrancarei de dentro de si mesma, te tirarei de dentro desta prisão que se chama medo e poderei te ter por inteira pra mim, sem atalhos, fugas ou desculpas e poderemos viver a nossa história que, de certa forma, você sabe que já começou. Por mais que você tente fugir de tudo isso ou até de si mesma, sabe que não tem mais forças pra lutar contra algo que em você eu despertei. Sim, fui cruel, invasivo e várias outras coisas. Só que agora já e tarde, como você mesma falou. Você se deparou com algo que já não acreditava o amor, mas foi por uma boa causa que estou fazendo isso.

Estou em busca do meu amor, esse mesmo que você trancou dentro deste armário velho. 4h55... Você não está com sono? Que bom... Ainda tenho muito pra conversar. Entendo que pra você está difícil se deparar com a possibilidade de enxergar alguém que você trancou dentro de si e deixou de ser faz muito tempo, mas é essa mesmo que eu quero pra mim e com essa que eu quero me encontrar e é essa Maria Eduarda que está por vir que eu quero passar o resto dos dias da minha existência aqui na terra. 7h 20 da manhã... Maria Eduarda, obrigado por me deixar passar mais uma noite com você, foi bom nos conhecermos um pouco mais. Bom dia e Até breve!

Cap. 21

Hoje eu acordei mais feliz, sabia que você é o meu primeiro pensamento de todos os dias e também o último, mesmo não estando aqui comigo. Mas você está sempre em mim, em meu coração. Apenas a distância me separa de você. Sei também que distância nenhuma separara o que sinto por ti. Nada é capaz de vencer o amor. Eu te espero todos os dias, mas hoje eu sei que você virá, espero que com um sorriso nos lábios e a mais pura alegria de me reencontrar. Por mais que demore alguns dias para nos vermos cara a cara, os meus sentimentos são sempre os mesmos por você. Maria Eduarda, não te esqueço nem por um milésimo de segundo, você é o amor da minha vida! A sua chegada sempre mexe comigo, mesmo eu tendo a certeza que vou te ver! É como desmontar um boneco de lego, é assim que me sinto ao olhar pra você.. Estou sempre na sua espera, sei que é sempre por algumas horas ou até mesmo minutos, mas meu coração pertence a você, isso já é um fato consumado, e quer saber de uma coisa¿ isso me faz uma pessoa muito mais feliz!!!

Cap. 22

Que surpresa boa Maria Eduarda, viestes sem avisar! E se eu te roubasse toda pra mim hoje? O que você faria? Você se deitaria comigo? Deixaria-me brincar com sua boca? Falaria coisas bonitas pra mim? Deixaria-me ver o teu sorriso, espontâneo de alegria, por estar aqui em meus braços? Deixaria-me sentir a tua mão na minha? Deixaria-me tocar você sem limite algum? Deixaria nossas bocas se encontrarem e se lambuzarem de amor? Cantaria comigo pela casa, me deixaria com teu cheiro meu amor, num beijo de bom dia? Hum..... Este momento seria todo nosso e nele poderíamos ser o que a gente imaginasse, sem qualquer pudor, poderíamos fazer só o que nos traz alegria. Seria um filme onde eu sou o diretor. Iríamos nos acabar de amor. Me faz um favor? Antes de ir, me deixa sonhar............ Que esta noite é dia me deixa com essa sensação de euforia, um gosto de quero mais, me deixa sorrir para tudo, pois estou amando você...... E por falar nisso, me deixa fazer parte do seu mundo, enfiar o pé na porta da tua vida e te desvendar. Já sou vizinho do seu melhor sentimento e espero agora dentro dele morar. Maria Eduarda não se vá........ Passa o dia aqui comigo, meu amor!

Cap. 23

O que você está fazendo aí Maria Eduarda, olhando para horizonte, pra beleza deste mar? Ou você está refletindo? "eu não sou nada do que você está pensando, Frederico Antônio, estou assustada, não sei o que é amar e ser amada"... Por isso, tenha toda calma comigo... Estou tentando me encontrar, ainda tem muita coisa fora do lugar, Pode levar algum tempo pra eu aprender novamente a amar; tenho que enterrar algumas coisas pra poder me entregar, Você me ajuda e me assusta com teu jeito de amar, fala muita coisa que me colocam pra pensar... Não sei se estou tão preparada assim pra me deparar com tanta realidade... "Eu sei, tenho que ressurgir para o amor, tenho que me enfrentar, suportar toda esta dor que é me transformar". Eu estarei aqui junto com você pra andarmos lado a lado e tornar essa sua nova descoberta, uma jornada sem dor.

Estou no seu aguardo minha amada Maria Eduarda, meu amor.

Cap. 24

Eu te odeio Frederico Antônio! Que bom saber disso...... O amor e o ódio são dois sentimentos tão iguais... Você só pode odiar quem você ama ou quem você sabe que vai amar. Odeia porque sabe que a pessoa está a te desmontar, a te desvendar, está tirando todas as suas armaduras. Me odeia, pois sabe que perdeu o controle de si mesma, que não sabe mais pra onde correr ou não quer mais correr. Ou por você não ter mais alternativas, apenas jogar - se em meus braços. Ficar sem ouvir a minha voz te perturba, te põe a pensar, mas eu aceito o seu ódio e continuo a te dar o meu amor. Sei que hoje, você se encontra vulnerável a algo que não queria estar; não nesse momento, mas também não tem mais como fugir. Terá que encarar!!!! Você acha que não tenho meus medos?

Claro que os tenho, mas também sei que só recebemos de volta aquilo que damos ao outro. Se eu te dou o meu amor não posso receber de volta o seu ódio, então agora é esperar no tempo que dentro de você também brote esse mesmo amor!

Cap. 25

Será que você lembra de tudo que já passamos juntos¿ em meus pensamentos sim, porque você estava ali todo o tempo... Tudo que com você eu já vivi até aqui, todos os meus planos para nós, será que você se lembra¿ parece que não faz mais sentido te chamar de meu amor, mas não sei outro jeito. Tento encontrar outra maneira de me referir a você, mas não encontro a não ser de meu grande amor... Sei que poderão até passar horas e dias, mas o que sinto por ti não mudará, nem que eu queira vai mudar. Não tenho mais razão, estou pura emoção, mas hoje você se afastou de mim, não esteve por aqui... A noite chegou à campainha tocou e não era você.

O telefone chamou, não era você... Meu amor acho que você ficou chateada com alguma coisa e o pior é que nem sei com o que, deve ser por isso que hoje você não voltou. Algo mudou, não sei o que, mas sei que você se afastou de mim e sei também que hoje você não vai passar a noite aqui como ontem, que te sequestrei pra mim...

Cap. 26

Pra mim..... .parece tudo tão distante, até por conhecer os dois lados. Um dia ouvi. ... Que esquecer alguém, era como parar de usar cocaína, era uma abstinência cruel, que desaparece com o passar do tempo, que era fácil, que só seria difícil no começo, mas eu ficaria feliz por conseguir superar. Tal comparação pra mim não faz sentido.... Porque não tenho o hábito, de ficar buscando remediar as coisas ou buscar pequenas soluções. Tem sido difícil entender que você, Maria Eduarda, vence o meu desejo, de dar um ponto final no consumo de ti, ao uso do seu amor, motivos não faltam. ...

As tuas ausências... Me ferem mais do que a abstinência da cocaína Me trazem uma montanha de pensamentos: posso dizer que o ato de não morrer já basta porque nunca senti saudades da cocaína quando a deixei! Mas a sua, em meu peito arde, me abre um vazio, um abismo por memórias que devem ser esquecidas... Nunca fui burro o bastante para voltar aos velhos vícios, me via indiferente a eles, mas não a você! Eu estava provando algo a mim mesmo, mas você se torna muito melhor ao passar dos dias. Então, como aceitar a abstinência de você? Mas por um motivo de sobrevivência pessoal, dela me abstive, por mais que me doesse, mas, de você, se torna um pouco mais difícil, porque ela eu coloquei pra longe de mim, mas você.... Colocar-te longe de mim é algo impossível! A gente precisa dos obstáculos para vencer a absti-nência... Mas não é o meu caso. Me disseram que esquecer alguém era como parar de fazer o uso de substâncias entorpecentes... Nunca consegui largar o vício de deixar as pessoas que amo partirem No caso, você! Esta saudade já me matou mais vezes do que qualquer droga o faria!!!

Cap. 27

Sabe Maria Eduarda hoje me deu uma vontade de passear de mãos dadas e sair por ai com você, sem hora de chegada. Andar de mãos dadas é muito mais que duas pessoas apaixonadas, é muito mais do que dizer um eu te amo. Andar de mãos dadas e rir de tudo e de todos, e aceitar todas as loucuras um do outro é saber esperar, é saber entender o outro em apenas um olhar Andar de mãos dadas é apoiar, é dividir as alegrias e tristeza e dar alegrias à vida do outro. Andar de mãos dadas é sentir aquele ciúme gostoso, pois, se tem ciúme, tem amor, e respeitar e ser fiel. Andar de mãos dadas é pra quem sabe e não pra quem quer, é pra quem sabe demonstrar amor. Porque passear de mãos dadas é uma demonstração de amor, demonstra que somos um só em busca da mesma direção. Por isso, hoje eu queria andar de mãos dadas com você; queria te beijar; queria ver o por do sol que anuncia a chegada da noite de mãos dadas com você e ter a certeza que esta noite você não vai fugir de mim.

Cap. 28

Me pergunto... . Será que ela sente a minha falta como eu sinto a dela? Será que ela sente esta mesma dor no coração? Será que ela pararia tudo ao ouvir o meu nome? Será que ela teria o mesmo medo que eu de a perder? Será que ela tem aquela música que a faz lembrar de mim? Será que seu coração bate mais forte, toda vez que estou a lhe ligar? Ah! São tantos serás.. Mas, será que ela sentiria ciúme de mim se ouvisse que eu estou com outra pessoa? Mas, por que sentiria todos estes sentimentos se eu nunca consegui uma morada em seu coração? Mas, mesmo assim, ainda tenho essa mania de achar que ela poderia ter todos estes sentimentos por mim. Mas não.... Ela é dona de si, mulher moderna, independente, não precisa de ninguém pra lhe dar carinhos, beijos, nem muito menos precisa do amor. Ela sabe como se virar sozinha, por mais que isso lhe cause muita dor, a dor da mulher moderna, e dela, ela não precisa nem chorar, você acha mesmo que ela precisa amar?

Cap. 29

Me sinto totalmente perdido... Você sabia que abandono de incapaz é crime, Maria Eduarda? Não consigo mais dormir sem você aqui comigo. Sinto uma coisa tão ruim!... Quando eu não te conhecia, nem uma diferença faziamas, eu queria te conhecer e, agora, quero ter você só pra mim! Agora que você já esteve aqui tão perto, tenho que te esquecer..... Agora estou aqui, sozinho, rompendo a madrugada, esperando ter outra em minha vida... Ah! Te enganei e outra chance de passar a noite com você! Hoje estou me sentindo assim, meio perdido, confuso. Já me acostumei com você, sabe? Não sei o que fazer, já dei mil voltas em mim mesmo para tentar me encontrar e, a única coisa que achei, é o amor por você... Sim, sou um incapaz e abandono é crime! Hoje sou incapaz de enxergar minha vida sem você! Porque sou incapaz de viver sem você, sou incapaz de respirar sem você, sou incapaz de morrer sem ter ao menos uma vida com você. Eu te amo Maria Eduarda eabandono de incapaz é crime!

Cap. 30

Eu vou ter que encontrar uma saída, vou ter que aprender a conviver com a realidade de viver sem você, por mais difícil que isso possa me parecer. Vou começar pelo começo que é aceitar que tudo entre nós nunca existiu e com isso tentar entende que também nunca poderá existir assim como você fez Maria Eduarda... Vou seguir minha vida. Sozinho, por mais que isso me dê muito medo; Vou ter que ter a coragem de um domador de leões e ser forte nesta minha caminhada. Não vou mais sonhar, muito menos chamar por você baixinho em meus pensamentos, na esperança de você ouvir onde quer que você esteja e que virá ao meu encontro. Vou aprender a não ouvir mais a música que eu campus pra você, por que ela agora será apenas uma música. Vou aprender a trancar meus pensamentos no fundo da gaveta, e nunca mais vou tirá-los de lá, por que será apenas para me torturar ainda mais. Vou aprender a falar pra todos a nossa história sem alterar minha voz, muito menos as batidas do meu coração e sem ter que conter as lágrimas, assim como faço agora. vou me imaginar em novos caminhos. Vou fazer o possível para conseguir viver sem seu amor, sem recorrer aos meus pensamentos onde ficará o nosso passado. O próprio nome já diz, passado. Acabou o que nunca começou e eu vou aceitar isso. É isso o melhor que posso fazer agora; sei que vai doer, mas eu vou encontrar uma maneira. Fui eu que te coloquei aqui, sou eu quem tem que te tirar de mim... Vou cuidar de cada ferida que me fiz. Eu preciso aprender a lidar com a vontade de chorar, deixar cada lágrima cair e me livrar da saudade e tirar toda a saudade que terei dentro de mim. Os sonhos são só sonhos, de onde eu caí não são degraus seguros. É, chegou a minha hora de encarar toda essa realidade, você não será minha, eu não fui feito para você... e agora, basta que eu reaprenda a viver sem você pra seguir a minha vida.

Cap. 31

Temo que voltar atrás neste momento não seja minha melhor opção, mas, também tenho a certeza que não posso desistir do meu grande amor. Desde a hora em que resolvi abrir mão de Maria Eduarda, não paro de pensar em outra coisa e acredito que seja impossível, que seguir em frente sem meu amor seja a coisa mais arriscada que já teria feito em minha vida. Mas, deixar tudo como está também seria uma grande covardia minha, já que tenho um objetivo que é ter você, meu grande amor. Ser fraco agora não seja a mais correta opção pra mim que desejo alcançar o maior objetivo de toda a minha vida. Tenho que tirar da frente tudo que possa me fazer tirar o foco do meu objetivo maior que é você, Maria Eduarda. Saber enfrentar o medo das novidades é o que mais me seduz o coração. É preciso arriscar-me em algo que seja verdadeiramente valioso em minha vida, como você é.

Ganhar você ou não é do jogo, mas como saberei se eu usar os seus mesmos artifícios, que é à saída de emergência? Sendo assim, se eu tiver que perder algo que não seja a minha coragem e determinação de ter você comigo para resto de nossas vidas. E que isso me motive a cada dia ao acordar por acreditar no meu sonho de ter você. Que eu perca tudo, então, o que eu não posso é me abster de lutar, e nunca mudar minha rotina de por você lutar. Esta vontade miserável que insiste em fazer de mim um ser covarde, insatisfeito e tão pouco atrevido, suma de meus pensamentos e me deixe livre pra buscar o meu objetivo. Ainda que eu me sinta determinado pra mudar tudo na minha vida, quero me vestir de coragem e me armar de ousadia para enfrentar todos os obstáculos que é amar uma mulher bem resolvida. Se eu desejo exigir mais de mim mesmo, é para que jamais eu venha a me arrepender ou me lamentar por um dia não ter tido coragem de romper os meus medos e limites. Que não seja pela frustração de não ter sido mais determinado, disso eu jamais quero me arrepender. Então vamos para o fronte lutar por este amor até a morte!

Cap. 32

Frederico Antônio: - oi, quem é? Apenas fique quieto e me ouça. Sabe de uma coisa? Sabe como ela se sente? Assim: sensações, sentimentos, escolhas, dúvidas, decisões, pensamentos, são vários sentimentos e emoções em um só coração. E tem mais, tudo isso ao mesmo tempo; e você se esquece de que Maria Eduarda é uma daquelas mulheres modernas. Ás vezes é difícil pra ela lidar com tudo isso, e ainda ter você destroçando sua vida e querendo fazer parte da vida dela. Ela tem, na verdade, uma personalidade forte, capaz de estragar tudo, até de magoar pessoas ao seu redor. Então, dê espaço a ela, deixe-a agir da maneira dela, no tempo dela, sem ela pensar nas consequências; não é fácil pra ela lidar com tudo isso. Não é que ela não saiba o que fazer, ela até já sabe, mas qual a escolha será a correta? Até ela conseguir colocar tudo em ordem e agir como se fosse uma menina, pode levar algum tempo. Por mais madura, em alguns aspectos, que ela seja ainda tem muito a aprender. Mudanças são necessárias, e se são, precisa mudar, não para agradar aos outros, mas, sim, para agradar a si mesma, para ser uma pessoa melhor, para evitar cometer erros ou deslizes novamente em sua vida. Há dias em que ela se sente tão pequena, tão carente, que a melhor saída seria sair por aí sem destino, e ficar sozinha, guardando tudo o que está sentindo dentro si. Mas, ela ainda é uma mulher moderna e sempre acha que o melhor seria que tudo fosse do jeito dela. Então, Frederico Antônio, saiba que você já tem muito do tempo dela.

Cap. 33

Fico pensando como vai ser o nosso reencontro. Vasculho em mim na busca de algo que eu não sei, afastando o medo de uma nova desilusão por conseguir hoje te entender melhor, Maria Eduarda. Mas, me perco em estreitos becos da minha mente insana e a sua ausência ainda me assusta, me dá tanto medo que faz com que eu grite o seu nome internamente. Não tenho a menor ideia de como nos encontraremos, mas sinto que há alguma coisa que nos une que me levará até você e, quando nossos olhos se encontrarem, será quando as nossas almas voltarão a sorrir. Talvez seja em meus sonhos ou pensamentos insanos, estes que uso pra fugir de mim mesmo, mas eles nos mostrarão o tamanho da nossa necessidade de se entregar um ao outro. Entregaremos-nos então ao amor e ao desejo das nossas almas, que vai muito além do prazer carnal ou de uma boca sedenta por um beijo. Entregaremos-nos não em doses homeopáticas e, sim, em doses cavalares do mais puro sentido que é amar. No sonho das duas almas e dos dois corações que vão se reencontrar e se entregar novamente, eles saberão onde será. Eu já sou parte de você e você de mim, ainda que você não veja assim. Somos almas prometidas, guardadas uma pra outra, um amor que vai além do tempo, um amor de reencontro que, nesse exato momento, chamo de presente, que pode ser exatamente agora. Quando vamos nos permitir viver o nosso amor?

Mais uma vez nosso amor e destinos foram predestinados um ao outro, antes mesmo da nossa chegada.

Cap. 34

Bom, como tenho que contar com a ajuda do destino pra poder te ter em meus braços, Maria Eduarda, só o que posso fazer é tentar dar uma força pra ajudar. Então, vou sair por aí, quem sabe a gente possa se encontrar? Como sei que você gosta de viajar, vou pegar o meu carro e sair em busca do meu destino. Sigo pelas estradas da vida, procurando o caminho para te encontrar. Avisto um lugar maravilhoso... Que lugar bonito é este, lugar perfeito pra gente se amar! Logo vem a mim os mais loucos desejos de prazer desta minha mente sedenta por você. Após essa pequena pausa para contemplar toda a beleza deste universo, retorno à minha viagem e logo anoitece, e com ela chega uma chuva fina à frente. Vejo uma mulher a caminhar devagar, como quem está à procura de algo ou alguém. É você, Maria Eduarda! Convido-te pra entrar no carro e, logo na primeira troca de olhares, o amor está no ar. No meu primeiro toque em ti, desencadeia novamente os meus mais loucos desejos de te possuir como um lobo faminto em cima de sua presa. E o meu desejo por você é já no primeiro beijo de nossas bocas. Em você, sinto o total desejo de se entregar e se perder. Vou me embebedar de você, do teu amor, de todo o teu prazer, dentro do carro de vidros totalmente embaçados, dois corpos nus, banhados de suor e prazer, sou eu e você, Maria Eduarda, mais uma vez por essas estradas da vida.

Cap. 35

Eu sei que tento de todas as formas ser a pessoa que um dia você tanto sonhou ser a que mais te faça sorrir, a que estará do teu lado sempre pra tudo o que precisas, mas, ainda dói demais em mim que não seja assim. Ainda dói ter esse vazio aqui, neste coração tão grande. Sem ter você, Maria Eduarda, nada faz sentido. Às vezes, fico até sem vontade de viver, mas olho para trás e vejo o quanto distante éramos e hoje, ver o que podemos ser. A minha vontade e determinação de ter você, de eu ter te invadido toda sem a sua permissão, e ver o que a gente ainda poderá ser um pro outro, é o que me dá forças pra lutar por esse amor, porque eu sei que mereço o seu amor, estar ao seu lado. É o que realmente eu mais quero, e você sabe muito bem disso, é difícil pra eu assumir o meu medo de não ter você, o medo que a sua falta me traz. E metade deste medo é nunca poder te abraçar todas as noites e dizer tudo o que eu sinto de verdade te olhando nos olhos, de não poder te beijar, de não poder te tocar. Desculpa Maria Eduarda, por te amar tanto assim e hoje ser tão dependente de você! Desculpa esse meu jeito idiota de ser! Mas saiba, antes de tudo, que eu não desistirei de você. Permita-se ser só minha, minha rainha! Permita-se ser o motivo de todos os meus sorrisos até o fim de nossas vidas!Permita-me entrar na sua vida e nunca mais sair? Eu te amo hoje e até o fim da minha vida, Maria Eduarda.

Cap. 36

Eu posso ter tido mil e um amores, mas será sempre você o meu maior amor, o mais bonito e profundo. Não é exagero se eu disser que daria a minha vida por você, é a verdade, porque a minha vida não faria mais sentido sem a sua.

Eu te amo, Maria Eduarda, como nunca amei ninguém! Eu já amei, mas é a primeira vez que é assim, um amor incondicional. Eu sei que hoje nada tenho de seu que possa chamar de nosso. Houve um tempo em que eu fiquei perdido, até pensei que estivesse louco, mas, felizmente, isso já passou. Hoje, tenho cravado em mim esse sentimento que só eu sei a dimensão, e tenho certeza, é amor.

Eu te amo de todas as formas que se possa amar uma pessoa, e não me importa o tempo que vou levar pra ter o seu amor. Talvez o seu sentimento se transforme e possa vir a ser amor, mas o meu será sempre amor, lindo e puro. Eu não sei quando comecei a te amar, eu nem sabia que iria te amar assim, mas acredito tudo tem uma razão de ser, não vai ser em vão todo este meu amor, eu sei. Eu vou sempre procurar saber como você está, até conseguir fazer você me amar. Não importa se estou perto ou longe por enquanto, se você me ama ou odeia, é e sempre vai ser você o meu amor.

Cap. 37

Sou, às vezes, visto como um cara sem paciência. Será que sou? Mas posso te dizer, não tire minha paciência, tire nossas roupas e vem fazer amor comigo, é um conselho que te dou. Dizem até que tenho um coração de pedra, sou até meio maluco, mas, quem realmente me conhece sabe que, por trás desse cara ogro, tem um homem de valor. Que se for preciso, por você, Maria Eduarda, guardarei, sim, toda minha dor e meus problemas no bolso para te ajudar. Não vou medir distância, não me importarei com horários, dou a você todo o meu amor e meu ombro de consolo, e o meu silêncio como total apoio. Viro a madrugada conversando com você ou até trocando mensagens, só pra saber se seus planos estão dando certo. Pego suas dores pra mim, por que tenho que ter peito de aço pra proteger o meu amor. Conto piadas sem graça só pra ver um sorriso seu. Sou o que sou de verdade, não me conformo com falsidade, mentiras.

Se me trair, dificilmente acreditarei em você novamente, mas, com certeza, sei que a mulher que amo não mentiria pra mim.

Cap. 38

Vou te fazer algumas perguntas acha que você jamais saberá me responder. Como você sabe quantas vezes eu perdi o sono, pois a única coisa que eu queria era estar com você? Qual é o motivo de você não estar aqui? Será que um dia você entenderá que não poderá mais fugir de mim, que você está sempre comigo nos meus pensamentos? Então, sabe me responder essas perguntas, Maria Eduarda? Porque eu sei que você pensa em mim pelo menos uma vez ao dia, sei que você tem um medo enorme de tudo o que pode acontecer. Eu sei, também, que essa história você jamais terá com ninguém. Essa história toda é nossa e teremos que vivê-la, mesmo que venham a se passar anos não teremos como fugir um do outro, ou de um amor tão lindo e louco.

Parece até assustador ter que se dispor a viver feliz para resto de nossas vidas. Achamos que não somos merecedores de tanta felicidade assim, né? Mas, será isso e é isso que te proponho meu grande amor, uma vida feliz, um conto de fadas, onde eu sou o rei e você a rainha. são nestes pensamentos todos que vivo a perder os meus sonos.

Cap. 39

Hoje resolvi voltar àquela mesma praia onde vi você chegar pela primeira vez. Logo ao chegar, aquela velha brisa me abraçou como quem queria me confortar. Enquanto eu permanecia na praia, tentei pensar em tudo o que já vivi até aqui com você, Maria Eduarda, meu grande amor. Então, ouvi uma voz que de dentro de mim saía, como eu nunca tinha ouvido antes, e me perguntei quem era. Era a voz da saudade... Olhei para o horizonte e para as estrelas desta noite de luar e tentei te procurar novamente. Por ali olhava para ver se você chegava, mais uma vez,

como sempre você fazia, mas me chegaram somente às lembranças. Senti o perfume que vinha do mar, era o mesmo que sempre sentia quando estávamos ali. Aquela praia me fazia lembrar várias coisas, mas, a mais bela, foi o brilho dos teus olhos na primeira vez em que você resolveu pra mim se entregar. Então, fechei os meus olhos e me pus a sonhar, mas a voz que vinha de dentro era muito insistente, não me deixava nem sonhar. Esta tal de saudade sabe mesmo machucar! Esperei em vão, e claro, até que ela resolvesse se calar para que, tranquilamente, ali eu pudesse novamente com você me encontrar.

Mas, ela permanecia tão insistente! Esta saudade só serve pra me machucar.

Deixei a porta do meu coração encostada, para quando você chegar, não ter o trabalho de arrombar e, quando a saudade de mim em você bater um pouco mais forte, você possa vir e assumir o seu lugar. Hoje, em mim, a saudade chegou agora ao amanhecer e, ao passar da hora, será que ela vai embora? Pode ser que a saudade que você tenha de mim vá, mas volte. Vou dizer, só para te lembrar, que a porta está entreaberta, é só entrar. A saudade é atrevida, chega sem avisar, não tem hora, invade a gente. Saudade é aquele sentimento que chega sem pedir, vai chegando, sabe... Saudade é a dor que dói e destrói. Saudade nos faz chorar, maltrata. Talvez a melhor saudade seja a que sinto de ti, que chega trazendo lembranças do que com você eu já vivi. Ah, que saudades de ti, Maria Eduarda!

Cap. 41

Tenho te sentido tão distante e, ao mesmo tempo, tão perto de mim. Tento te decifrar, mas seu silêncio é tudo que consigo entender. Às vezes, me imagino fazendo parte dos seus senti-mentos e até pensamentos, mas, de repente, sinto que não faço parte de nem um dos dois... E, por mais que eu procure te dar amor, sinto que não é isso que você quer. Talvez você tenha medo, já nem sei mais o que devo pensar. O seu silêncio me deixa confuso. E se você soubesse que posso morrer amanhã? Isso, talvez, nunca irá ter importância pra você. Sinto-te como o sol, tão distante, um amor quase impossível... Simplesmente porque te vejo muito presa ainda a um passado que muito te machucou. Dê uma nova chance para você, Maria Eduarda. Não tenha medo de me amar, de se entregar. Esqueça o passado e viva o presente. Na verdade, vivemos nos torturando em ideias, lembranças, pessoas e acontecimentos do passado, e isso só nos causa dor e de nada nos ajuda no presente. Vamos planejar o futuro e viver intensamente o presente? Porém, para isso, é necessário estar livre do passado e de algumas sombras do presente. É preciso renovar-se e quando estiver em dificuldade, não pensar em desistir. Lembre-se dos obstáculos que você já superou até aqui. E, não esqueça talvez eu seja o amor da sua vida, o que você sempre pediu em suas orações e, hoje estou aqui, passando em sua vida, e você pode deixá-lo ir. De uma coisa tenha certeza, sou alguém que nunca vai esquecer os poucos momentos que vivemos juntos em meus sonhos.

Cap. 42

Sabe, vou te dizer alguns dos meus pensamentos em relação a nós dois, Maria Eduarda: quero namorar com você! Não só namorar sabe? Na verdade, eu quero me casar com você. É, casar, fazer parte do seu dia a dia, ver você chegar do trabalho, estar junto de você preparando o jantar, te abraçar pela cintura toda vez que eu te vir escovando os dentes, e fazer você se sujar toda antes de ir para o trabalho. Quero sair de onde eu estiver só pra poder te dar um beijo e dizer que estava com saudade. Quero ficar sentado no sofá só observando como você fica sexy, só de short e blusa. Quero ver você fazendo chocolate pra mim. Imagina a gente, depois do jantar, assistindo a um filme no sofá e comendo pipoca, de pijamas e pantufas! E depois, de madrugada, a gente poderia tomar um banho bem gostoso e demorado. É isso mesmo, um banho. Imagina, materializa eu e você debaixo do chuveiro. Você esfregando minhas costas e eu a sua e eu, como sempre, fazendo minhas galhofadas e te fazendo dar risadas. Depois de rirmos quase a noite toda de situações engraçadas do dia a dia, deitados na cama, poder dormir agarradinho com você seria um sonho. Poder acordar no dia seguinte já rindo, por lembrarmos-nos de tudo que conversamos durante a noite. Ah, que alegria será poder tomar um café da manhã ao seu lado, todos os dias, e ainda fazer parte da sua rotina! Era tudo que eu queria.

Cap. 43

Sabe, Maria Eduarda, meu amor por você é um amor sem medidas. Amo você por inteiro. Sei que é um amor reprimido, um amor proibido e ainda não vivido; parece até um amor que me colocou de castigo, mas este amor é verdadeiramente sentido por mim, porque eu sinto um imenso desejo de tocar você, abraçar você. Sei que hoje, isso tudo só é possível em meus sonhos e pensamentos desta mente insana, mas sinto, aqui dentro de mim, lá no meu íntimo, que está muito perto de eu poder verdadeiramente te materializar em minha vida e poder viver a nossa história. Sinto que logo vou poder te tocar sentir o seu cheiro, beijar sua boca, sentir o sabor do seu beijo. Isso me fará viajar e acreditar que você realmente existe que você não era apenas sonhos, fantasias e desejos desta minha mente insana. Vou delirar de felicidade por que amar você é tudo o que eu sei fazer hoje na minha vida. Porque amar você é simplesmente não deixar de te amar, é como um castigo. Sei que vou morrer com esse amor, mas não antes de vivermos a nossa história e podermos realizar todos os sonhos e desejos que um dia com você eu tive dentro desta mente que eu acredito ser insana.

Cap. 44

Sei que tenho que esperar o dia em que vou realmente cruzar com você, Maria Eduarda. Isso porque esta minha mente insana já sabe quem é você, ela te materializa perfeitamente dentro dela pra mim. Sei como é o seu rosto, seu cabelo, o seu corpo, já sei bem como você é. Então, teremos que nos encontrar pra eu poder me declarar pra você e poder te ter em meus braços. Então, vou continuar a vagar pelos meus sonhos e desejos com você, vou continuar. A viajar em meus pensamentos e vou a alguns dos lugares que quero conhecer com você qualquer dia. Sei que já fizemos muitas coisas juntos em meus pensamentos, mas hoje vou a uma livraria que tem aqui na cidade. Vou folhear alguns livros, encontrar com alguns amigos, vou ver até se consigo tomar um bom café lá na cafeteria Miguel de France, onde já fui com você em meu sonho. Quem sabe você não está por lá, né? E, se estiver, quem sabe hoje não é o dia da gente se encontrar no mundo real?

Cap. 45

Hoje **r**esolvi tomar um bom vinho, fazer uma macarronada e deixar meus pensamentos viajarem, porque é na viagem da nossa mente que chegamos sem destino, hora ou lugar. E, durante esta viagem, vi você chegar, Maria Eduarda, deslumbrante como sempre, num vestido vermelho sangue, cor da paixão, daqueles de uma noite de gala. Mas, também pudera, não podia ser diferente! Aquela era a noite de gala do navio, era a noite do jantar com o comandante. Tudo estava perfeito e você estonteante, minha amada. Tomamos taças de champanhe, bailamos de corpos colados ao som das mais belas músicas. A noite passava e, invadindo a madrugada, trocávamos palavras de amor. A esta altura não havia mais pudor no que de nossas bocas saía, exalávamos desejos, o desejo de nos amarmos. Agarrei-te em meus braços e te levei pra popa da embarcação. Beijávamos-nos como dois loucos. Só queríamos um ao outro naquele minuto, só queríamos nos entregar. Foi com o balanço das ondas e como dois amantes que começamos a nos amar. Parecia que ao nosso redor não havia nada, apenas eu e você. Ah, Maria Eduarda, que noite que tu me proporcionaste! E, mais uma vez, ao toque da água gelada daquele mar imenso em meu rosto, eu acordei e você se foi.

Cap. 46

Sonhar acordado e amar são viver dentro de um mundo só seu, onde você é o autor, diretor, ator de todos os seus sonhos. Porque, quando se ama, você faz a sua própria história com inicio, meio e pode dar o fim que você quiser. Porque a realidade de seus sonhos é sua e é a melhor coisa que se vive naquele momento em que se está a sonhar. Sabe, Maria Eduarda, você é meu amor, você é o meu sonho imperfeito que torna perfeita toda minha realidade de sonhar, que é te amar. Quero poder sonhar com você vinte e quatro horas por dia. Quero dormir todos os dias cada vez mais tarde, pois, ao acordar, sou feliz de verdade. Não gosto muito de dormir porque não suporto me despedir de você. As despedidas de você não me agradam. Então, destino, vamos fazer um trato? Vamos transformar logo os meus sonhos em realidade, para que eu possa logo estar a me encontrar com Maria Eduarda, para que possamos andar de mãos dadas e transformar todos os meus sonhos com ela em realidade? Pois só assim eu terei a certeza que, ao lhe ver, posso até estar sonhando, mas é acordado.

Cap. 47

Acordei agora, um pouco assustado, confuso, me pareceu que você esteve aqui e me pediu para te esquecer. Foi isso mesmo! Acho que você não entende que, não importa o tempo que passe, você sempre será o amor da minha vida. Não importam as pessoas que poderão vir a entrar na minha vida, mas você sempre será o meu amor, porque ninguém nem ao menos chegou perto de conseguir fazer o estrago que você fez no meu coração. A sua voz consegue me deixar mais insano do que eu já sou. Eu sei que você ainda não tem a mínima noção do quanto eu preciso de você na minha vida, e só saberá o dia que em que eu puder falar olhando em teus olhos. Na verdade eu acho que nem eu mesmo tenho noção. Essa necessidade de te encontrar está me destruindo. Eu quero ser seu, quero ser o seu amor, quero ser seu rei, quero ser o seu melhor amigo, quero ser só seu. Só você tem a capacidade de me enlouquecer. Então, não me peça o impossível que é te esquecer, sem nem ao menos ter vivido a nossa história. Sou tão dependente de você! Não gostaria que você me tivesse tanto assim, não queria que também você soubesse que me tem tanto assim. Acho que é por isso que você invadiu meus pensamentos pra falar esta besteira. Você é minha droga, minha melhor dependência. E eu preferiria desistir de mim, a ter que desistir de você. Você se tornou tudo. Eu te amo te quero do mesmo jeito de quando te vi chegar naquela praia. Muitas poderão até tentar entrar na minha vida, mas nada vai mudar, absolutamente nada. Isso me machucou tanto, que eu ainda não consegui digerir desde que acordei. Por mais que eu tente, não consigo. Me tortura saber que eu precisaria te esquecer. Por que você desistiu de nós? Talvez você não precise de mim, ou talvez esteja muito bem sem mim; talvez esteja até melhor sem mim. Sofro só de pensar que você pode estar nos braços de outro agora, que ele pode estar cuidando de você agora, que ele é seu e você é dele. Sso pode ser uma realidade maldita. Eu tentei viver cada dia como se fosse único, sem você. Por anos tentei mudar meus sentimentos para não sofrer, caso um dia eu nunca te encontrasse. Tentei retardar, entregar meus sonhos e desejos a você o máximo que pude de diversas maneiras, mas nenhuma funcionou por completo. Tanto é que, se tivesse funcionado, eu não estaria aqui sonhando com você todos os dias. Eu fui até egoísta comigo tentando, por anos, acreditar que você nunca existiria, mas agora que eu sei que você existe, e sei como você é, e por mais que eu faça o meu melhor, não vou desistir de você.

Cap. 48

Tentei fazer um esforço tremendo por estes dia pra fazer o que você me pediu no meu último sonho com você que era te esquecer, mas a única coisa que consegui, mesmo com todo meu esforço, foi ficar tentando decorar o que eu vou dizer quando a gente se encontrar, mas tenho certeza que as palavras vão faltar e eu vou ficar fingindo que não é nada demais estar ali frente a frente com você Maria Eduarda. Eu sei que vou te abraçar e dizer que eu sofri muito com esta angustia de te esperar, já tendo estado em tantos lugares com você mesmo sem você aqui. Mas não vou poder explicar todo esse tempo longe de você e minha procura sem fim... Imagina eu tentando te contar o que senti o que vivi com você em todos os meus pensamentos insanos que só me fizeram querer te encontrar a cada dia mais. Quero te levar pra um lugar onde a gente poderá ver as estrelas, aonde ninguém jamais vai nos achar. O que eu queria era ficar pra sempre com você assim que eu te encontrar. Eu fico imaginando esse dia. Pode ser loucura, mas eu imagino cada detalhe, sei que está me matando essa espera, minha ansiedade, o destino está sendo covarde, mas fazendo seu trabalho, não sei se será rápido ou ainda vai demorar, só sei que pra mim o destino está muito devagar. Fico imaginando a reação dos meus olhos ao encontrar os seus, e meu sorriso quando vir você andando em minha direção. Eu sei que vou te abraçar tão forte e demoradamente, a ponto de nossos corações entrarem no mesmo ritmo, na mais perfeita sintonia. Imagino como deve ser bom o seu cheiro, algo me diz que tem o aroma de chocolate e, se for, quero senti-lo pra sempre. Imagino qual será a primeira frase que sairá da minha boca quando, finalmente, a gente se olhar frente a frente. Fico imaginado o que estará passando na sua cabeça... Eu só sei que quero registrar essa imagem pra sempre em minha mente porque eu sei que por mais que eu tente descrever, não chegarei perto do que eu vou sentir quando estiver só eu e você e eu puder respirar o mesmo ar que você. Acho que será a simbiose perfeita do que é o amor.

Não vejo a hora de estar em seus braços, Maria Eduarda... E hoje tenho certeza que este dia este bem próximo porque meu corpo já me dá sinais disso. Sinto arrepios inesperados, meus músculos tremem sozinhos de nervoso... Como já falei, não vejo o dia de pegar em suas mãos e beijar os seus lábios; dizer do meu amor por você, esse amor que venceu todas as barreiras, que nasceu dentro de mim tão natural quanto à chegada de um dia que hoje ocupa todo o meu coração. É tão grande este amor que nunca pensei sentir por alguém. Vou te falar desse nosso amor. Sim, nosso, porque já vivo ele há algum tempo com você e hoje já não consigo disfarçar o que se passa dentro de mim, nem mesmo que eu quisesse. Você é simplesmente tudo, você está em todos os lugares pra onde olho, por onde passo, em todos os meus pensamentos. Não sei como suportei a sua ausência, mas pensando bem, você não esteve ausente, você está em meus pensamentos e adoro estar com você dentro deles, mas sei que está bem próximo... Eu sinto isso de eu ocupar todas as horas do seu dia, ter seu corpo junto ao meu, seus beijos, suas noites só pra mim, o seu silêncio será meu, e sua vontade de viver de amor também será comigo, quero também os seus carinhos. Quero tudo que de melhor que você tenha pra me oferecer e sei que será o que jamais tive em outras mulheres. Você já é fundamental em mim, nunca me senti tão bem como sei que serei com você, não digo apenas na felicidade carnal, mas na felicidade da alma.

Eu vou lutar por você com todas as minhas forças pra te convencer que eu sou o seu amor assim que eu te encontrar Porque De Você Não Vou Desistir Nunca!

Cap. 50

Hoje o dia está diferente... Olho ao meu redor e parece que tudo está sorrindo, que o sol está mais bonito e alegre, que as árvores e flores estão sorrindo pra mim, a atmosfera esta leve. Parece-me um dia atípico ou eu, na correria do dia a dia, é que não tenho percebido isso. Mais um dia de batalha, então vamos para o fronte; vou à casa de uma amiga, é aniversario dela. Vou dar- lhe os parabéns e bater um papo, deixar as horas passarem e mais que de repente, não mais que de repente, sinto meu coração acelerar! Uma sensação de euforia toma conta de mim, não sei explicar o que está me acontecendo, mas, quando me viro de frente à porta, minha mente insana materializa você! Vejo a mais bela das visões que eu poderia ver tudo o que eu mais sonhei na minha vida neste momento estava ali na minha frente... Achei que era coisa da minha mente insana. Então, tentei comandar a cena como um perfeito diretor dos meus mais belos sonhos com você como sempre fiz, mas não tinha como dirigir nada porque não é sonho, não é pensamento, é a realidade e você, Maria Eduarda, parada ali na minha frente! Agora sei que você é real, que você existe e não apenas fantasia da minha mais louca vontade de amar e agora o que vou fazer¿ como devo agir¿ sempre te vi em meus sonhos, mas agora você realmente está aqui... Fomos apresentados e eu não paro de sorrir por dentro. Sei que tenho muito pra te falar, mas não pode ser aqui e agora, mas não posso mais te deixar ir. Penso, tento usar os meus pensamentos insanos, mas não tenho mais como usálos. Não é mais irreal, agora é real, é a vida como ela é me dando a chance de poder dizer pra você quem eu sou e quem você é pra mim... Mas a realidade volta a me parecer sonho sem que eu entenda muito bem.

Estou eu e você dentro de um carro na estrada, não sei nem pra onde estamos indo. Tenho tanto pra te falar, quero te tocar, mas não consigo fazer nada. Não tenho reação nenhuma. Onde está tudo o que eu planejei¿ fomos e voltamos, não consegui ter reação a nada, mas só de estar respirando o mesmo ar que você me deixa preenchido. No decorrer da festa consegui lhe dizer algumas coisas e também saber um pouco da sua vida. Você parecia não entender nada, mas também pudera, estou a algumas jogadas na sua frente. Neste jogo das nossas vidas, sei que te pedi para ficar, para dormimos ali porque eu também dormiria claro, em quartos separados, mas seria a nossa primeira noite juntos no mesmo ambiente. Você relutou, mas finalmente aceitou o meu convite. Despedimos-nos à noite, eu te dando um beijo na testa e me retirando do seu quarto, mas minha vontade não era de sair de lá porque sei que temos muito pra conversar. Deitei em minha cama e me lembro de que antes de adormecer pensei o quanto eu queria ter ficado ao seu lado naquela casa. Na madrugada, no desdobramento do sono, tenho certeza que ao seu lado me deite e passamos a nossa primeira noite juntos! Não foi ainda nossa noite carnal, mas o reencontro das nossas almas.

Cap. 51

E não mais que de repente você acordou e se foi... Só que desta vez foi diferente. Tomamos café da manhã juntos como um dia eu já havia sonhado, conversamos muito pouco por que estávamos acompanhados de amigos, mas na nossa despedida trocamos telefone e combinamos de nos falar mais tarde. Senti que algo estava no ar, não sei agora dizer o que, mas sinto que ficou um desejo de quero mais, isso eu posso garantir! Maria Eduarda me pareceu, ter um desejo de também tentar me descobrir, de tentar entender sobre todas as informações recebidas em tão poucas horas trazidas por mim... Entendo que não será em poucas horas que você vai conseguir entender a história de quase uma vida, sim uma vida com você. Eu já vivi, contada por esta minha mente que hoje pra mim não tem nada de insana, que você é exatamente como ela me descreveu. Você morena, de estatura mediana, cabelos pretos na altura dos ombros, um sorriso encantador, tão belo como a natureza ou mais bela do que ela, uma pele sedosa como um pêssego, exatamente como minha mente me mostrou. Perfeita, a única coisa que minha mente errou... Também pudera, ela não poderia ser tão perfeita assim. Seu nome não é Maria Eduarda assim como o meu não é Frederico Antônio, mas acho que ela apenas nos igualou pra criar a nossa historia até aqui. Não vou revelar nossos nomes verdadeiros agora e sim alguns capítulos à frente, se começarmos de fato a viver nosso grande amor. Esta história, a partir de agora, não será mais contata por uma mente que até eu achava insana e sim por nós dois. Eu te amo você é meu grande amor!

Cap. 52

Passei o resto do dia pensando se deveria te ligar ou não, se deveria deixar você pensar sobre o que eu já havia dito, mas resolvi que o melhor seria eu já te dar todas as informações possíveis pra que você, Maria Eduarda, possa processar tudo de uma única vez. Então, vou começar falando de tudo que nós já vivemos nos meus sonhos e que você é de extrema importância pra mim. Eu me lembro de tudo que com você eu já vivi, por mais que isso seja muito mais louco do que qualquer ser humano possa imaginar; até mesmo pra você que esta ouvindo da minha própria boca isso tudo... Eu estou falando sério quando digo que me lembro "de tudo". Consigo reviver cada um destes momentos que passamos juntos porque, pra mim, era real e especial. Na verdade, não consigo escolher um momento que tenha sido melhor do que o outro; foi tudo significativo pra construir a nossa historia, foi tudo perfeito. Então, como escolher um momento e não o outro¿ muitos de nós sonhamos com o amor como uma coisa que não pode ser vivida com tanta felicidade. O amor é uma emoção que não tem nem lógica e muito menos razão e nem mesmo bom senso. Sei que comigo foi assim. Eu não planejei amar você, mas já te amo sem ao menos ter te conhecido antes e duvido que você também tenha planejado me amar um dia, mas já vou te adiantar: não adianta, não vou desistir de você! Mas, assim que nos conhecemos, nas poucas horas que passamos e na nossa despedida pela manhã, estava claro que nenhum de nós dois conseguia controlar o que estava acontecendo ali. Sei que existem muitas diferenças entre nós, mas se despertou o desejo em você de me ouvir é por que aconteceu alguma coisa rara e maravilhosa. Pra mim foi o encontro de almas, um amor como esse só acontece uma vez! Não consigo acreditar que possa se viver um amor desse mais que uma vez nessa vida, e é por isso que cada minuto que passarmos juntos vou lutar por esse amor... Ainda tenho muita coisa pra te falar, mas não é mais por telefone por que agora que te achei, quero olhar nos seus olhos, senti-los falar comigo, me responder mesmo que você não queira. Quero observar a reação do seu corpo ao me ouvir contar meus planos pra nós dois. Então Maria Eduarda, quando nos veremos novamente.

Cap. 53

"Pode ser hoje mais tarde, mas deixa que te confirmo**"** Passei as horas seguintes tentando não entrar em estado de ansiedade, manter a calma, mas como manter essa calma se hoje poderei estar frente a frente com meu grande amor¿ sabe às vezes ainda me sinto vivendo dentro dos meus pensamentos, mas me pergunto como conter a ansiedade de estar novamente cara a cara com você¿ sei que meu pensamento já se encontra totalmente sem controle... Vejo você chegando linda como em meus sonhos, meu coração dispara enquanto trocávamos algumas palavras, mas no fundo eu queria que aquilo logo acabasse porque, só assim seria eu e você. Acabou agora sim sou eu e você Maria Eduarda, no romper da madrugada! Conversamos muito, pude sentir todas as reações do seu corpo a me ouvir falar tudo o que eu tinha a te dizer. Tentei o primeiro toque dos meus lábios nos seus, mas você o rejeitou! Senti um frio na barriga, parecia um adolescente... Continuei a falar do meu amor por você... Eu me lembro como se estivesse sendo agora. Esse momento jamais vou esquecer. Você se recusando a um beijo meu... Não esperava por isso; sofria só de pensar que podia não concretizar esse meu desejo, mas tudo me surpreendeu. No momento eu não conseguia pensar em mais nada, a única coisa que passava na minha cabeça era que aquilo não estava acontecendo, que não era você que estava ali, pois em todos os meus sonhos você se entregava aos meus beijos! Talvez, fosse mais um sonho desta minha mente insana e nada daquilo estava acontecendo na realidade, pois eu estava acostumado a sonhar que aconteceria... Fico me perguntando alguma coisa difícil que eu não conseguia encontrar resposta dentro de mim, na verdade eu não estava conseguindo raciocinar nada, então totalmente hipnotizado com a profundeza do seu olhar, tentei novamente meus lábios nos seus e, desta vez você resolveu se entregar ao nosso primeiro beijo! Nessa hora me fez entender que o que eu sentia era realmente amor, algo totalmente estranho, algo que eu jamais havia sentido antes. Meu coração começou a bater mais forte, pude sentir um friozinho na barriga, algo mágico que não consigo explicar. Nos teus braços eu me senti bem, livre de todo mal. A forma que nos abraçamos foi algo mágico, foi o encontro das almas, o jeito como nos olhávamos era o reconhecimento das almas... Lembro-me do teu cheiro, da tua voz suave como em meus sonhos, e qual nome eu posso dar a isso, a não ser amor¿ meu coração já batia mais forte, senti meu corpo inteiro se arrepiar! Você foi capaz de fazer com que o sentimento mais belo entrasse em mim, você foi capaz de fazer algo que qualquer outra mulher não conseguiu! E hoje, mais do que nunca, eu te amo! Não há palavra que possa descrever esse amor!

Cap. 54

A noite de ontem foi uma noite mágica e ela se instalou em mim. Ainda sinto seu cheiro ao fechar meus olhos; fecho os olhos e não me vem mais nada na cabeça a não ser você meu amor, só consigo pensar em você. Ainda dou longos suspiros ao me lembrar de cada detalhe desta noite perfeita... Lembro-me de tudo que foi dito e feito! Só posso te dizer obrigado! Você me faz um homem mais feliz a cada dia, te reencontrar, sim, reencontrar porque sei que você já esteve presente em minha vida... Não nesta existência, mas em outra. Está sendo algo maravilhoso, mágico! Estou me encontrando dentro de mim, não sei quando eu me perdi de mim, mas sei que estava perdido e hoje posso dizer reencontrei a minha essência e com ela que já começamos a escrever nossa história, que ainda estamos no primeiro parágrafo dela e ainda temos muito pra escrever, mas faço questão de escrever com todo amor e carinho porque esta será a mais bela historia de amor! Como nos contos de fadas, só que a nossa não será apena uma ficção; será uma realidade de nossas vidas. Amo-te meu grande amor!

Cap. 55

Chega o fim de semana após passarmos a noite de sexta pra sábado acordados, nos conhecendo um pouco mais... Hoje acho que já posso dizer que sei um pouco de você, da sua vida e de seus gostos. Parece muito com o que os meus sonhos me mostraram neste tempo todo, uma mulher encantadora, madura, que sabe o que quer... Claro que esta história toda é pra você entender que não é nada fácil! Então, acho que o tempo é quem vai se encarregar de colocar as coisas no lugar, mas só de você estar aberta a isso, já me deixa muito feliz! Sábado à noite marcamos um cinema, foi uma noite maravilhosa, comemos pizza e fomos assistir ao filme. Pra mim, o filme era o que menos estava me importando... Estar com você era o que fazia daquela noite uma noite especial... Sim, dormimos juntos, eu na sala e você no quarto, mas pra mim isso não fez diferença nenhuma porque estarmos no mesmo espaço já era um sonho, não mais da minha mente insana e sim uma realidade! Acordamos, tomamos café juntos e passamos o domingo rindo... Sim, rindo como dois adolescentes se descobrindo.

Assistimos alguns filmes juntos, eu torcia pra que aqueles ponteiros do relógio congelassem, mas eles pareciam voar. Parecia a historia da cinderela que, há tal hora, acabaria o encanto. Pra mim, aquele domingo estava sendo um domingo encantador. Estar ao seu lado meu amor foi algo fascinante, assim como você Maria Eduarda! Não pude passar mais uma noite ao teu lado, mas já tenho a certeza que esta foi à primeira de várias que teremos, até o resto de nossas vidas. Boa noite!!! Pensa em mim te amo!

Cap. 56

Acho que todas as minhas relações, namoro, casamento, romance, tiveram um começo bem diferente do que está sendo agora, mas o bom da vida é isso, nada é igual. Já ouvi dizer que você pode ter vários amores. Não acredito nisso. Amor pra mim é único, acredito que o amor nunca acaba e, se acabou, nunca foi amor.

Às vezes, você não consegue nem dar cem por cento de você para você mesmo, mas, pra um grande amor, você dá 100, 200%%. Já tive vários tipos de mulheres na minha vida, mas com você, Maria Eduarda, está tudo sendo tão diferente... Às vezes, ela era fiel, mas devagar na cama. Às vezes, ela era carinhosa, mas não era fiel. Às vezes, era muito bonita, mas não sensível. Mas tudo junto, só vamos encontrar no verdadeiro amor porque o verdadeiro amor é cego! Agora, te conhecendo, consigo enxergar tudo diferente. Pele é um bicho traiçoeiro. Quando você tem pele com alguém, acha que achou o amor. Isso não é amor, isso é paixão e paixão acaba! Se ele ou ela não te quer mais, não force a barra. Se a pessoa tá com dúvidas, problema dela, cabe a você esperar... Ou não. Existem pessoas que pedem tanto a deus um amor, mas quando ele chega tem dúvidas e medos. Nosso pensamento é nosso, não é compartilhado. Gostar dói. Mas amar não, amar não dói. Muitas vezes você vai sentir raiva, ciúme, ódio, frustração... Faz parte. Nem sempre as coisas são como você gostaria que fosse... . Na paixão não temos garantias assim como na vida, mas no amor, aquele verdadeiro, é garantido se recíproco for! Porque falei um pouco disso, sinto que você, Maria Eduarda, apesar de estarmos tendo momentos maravilhosos juntos, está totalmente insegura em se entregar, mas o amor espera... Então, como falei antes, todos os começos de minhas relações anteriores foram diferentes; não tive paciência de uma espera porque não era amor, era paixão! E hoje me sinto leve pra poder esperar você decidir o que vai fazer com esse amor que você sempre pediu a deus!

Cap. 57

Sabe, eu não acredito e não sei se quero acreditar em todo este amor, mas, então, me faça acreditar. Todo o amor que você diz sentir me assusta. Eu tenho medo, medo de que esse amor que sente por mim me faça te amar, mesmo que no fundo sinta que já perdi um pouco do controle da situação , mas não quero, sou uma mulher moderna, não quero ter que explicar porque mudei o meu jeito de ver o amor. Eu não aceito o fato que me amas ou não querer aceitar me deixa mais confortável. Não aceito o teu amor, não acredito que seja verdadeiro, e que seja por mim. Teu amor é tão grande que talvez não caiba em mim, porque eu não mereço ser amada assim, pois eu sim me conheço, você julga me conhecer, me entender, mas se realmente me conhecesse, sei que não me amaria como diz me amar. Eu não sou o que você diz ver em mim. Os teus olhos te enganam, não me vejo como você diz, não acredito que devo ceder a esse amor. Eu amaria mais do que posso, do que me permiti um dia amar. Não me castigue fazendo eu te amar. Amar-te seria tudo o que um dia eu pedi e, se eu te perdesse um dia, não saberia mais quem eu seria. Prefiro me guardar covardemente para não ter que me explicar, nem agora muito menos futuramente. Não se iluda em pensar que irei entender ou simplesmente aceitar me entregar por acreditar que é necessário deixar-me viver este amor, pois não acredito no amor, e não acredito que isso seja amar, tão pouco acredito que me amas. É difícil acreditar em algo quando nem mesmo eu consigo acreditar em mim; você esta sendo covarde me fazendo acreditar neste amor, fazendo me entregar a você. No fundo, eu sei, não quero é ter que acreditar que vou ter que me explicar...

Cap. 58

Sabe Maria Eduarda, saber de tudo o que você disse me deixa muito feliz. Por que quando estou com você e vejo teu sorriso, não há preocupação, não há dor, não há problema algum que seja capaz de tirar a minha paz. Teu sorriso tem o poder de fazer qualquer mal ir embora. Ele me traz uma paz, uma calma, que fica impossível descrever... Pois eu sei, meu amor, que enquanto eu puder ver o teu sorriso, a minha existência nesta vida estará valendo a pena. Posso te dizer uma coisa¿ minha vida mudou por completo depois que você apareceu nela, eu me tornei uma pessoa feliz novamente como há muitos anos não era, voltei a fazer coisas que no decorrer dos anos eu havia perdido totalmente o prazer de fazer e hoje, voltei a fazer com tanto prazer que me enche de alegria! Voltei a ser uma pessoa apaixonada pelos meus velhos hábitos! Eu queria te agradecer por todos os sorrisos bobos e sinceros que eu dou quando estou com você que me contagia me encharca de alegria... Passo horas rindo ao seu lado e quando estou longe, também estou rindo, porque eu sou completamente louco de amor por você...

Cap. 59

Eu percebo o quanto sou feliz hoje e seu amor era a única coisa que faltava pra minha vida ser perfeita somos duas pessoas que se completam eu descubro aquilo que você sente. Os nossos momentos juntos são todos perfeitos e de tão perfeita, essa relação que estamos tentando construir vai causar muita inveja nas pessoas sinto que as pessoas vão ficar incomodadas, pois nosso amor agredirá os olhos de quem vê. As pessoas não vão acreditar como duas pessoas podem ser tão felizes assim... Nosso amor vai causar inveja em todos, as pessoas, de tão incomodadas, vão até tentar nos separar porque a felicidade alheia incomoda... Nosso amor será um amor que todo mundo vai querer um dia viver. Um amor intenso, livre e verdadeiro que parece que nascemos um para o outro. Nossos destinos foram traçados juntos. Um dia, a gente iria ter que viver este amor e nada que possa vir a acontecer, irá conseguir acabar com o nosso amor e muito menos nos separar porque é um amor de almas!

Podem surgir obstáculos, invejas, intrigas que nós continuaremos unidos! Sou uma pessoa que venceu na vida e hoje você, Maria Eduarda, é minha motivação do dia a dia; motivação para que, em cada amanhecer, eu me levante e encare a vida de frente; vença ainda alguns de meus medos. Hoje, busco não o que é melhor pra mim e sim, o que será melhor pra nós. O meu melhor hoje eu já tenho que é você, então nada e nem ninguém vai nos separar. Podem até tentar, mas nós estaremos blindados de toda a inveja e de todo o mal que pra nós desejarem.

Cap. 60

Desde ontem, estou sentindo uma solidão horrível! Não que eu esteja sozinho, mas as pessoas ao meu redor não preenchem a falta que sinto de você. Sabe este vazio que esta tomando conta de mim¿ apenas você, Maria Eduarda, seria capaz de acabar com isso e, você, encontra-se longe de mim, pelo menos fisicamente, por que nos meus pensamentos e desejos você está sempre presente! Eu queria que você estivesse aqui, agora, fisicamente e não apenas nos meus pensamentos... Sabe, queria que você estivesse aqui, por inteira, só pra mim. Abraçando-me, beijando-me. Queria poder dormir uma noite inteira com você, só nós dois, agarradinhos, de conchinha... Poder te dar vários beijos até você dormir e depois, ficar guardando seu sono, observando sua beleza. Sei que nem sempre o querer é poder. Sei que essa distância faz parte da construção da nossa relação, mas a solidão que sinto sem você esta me maltratando, isso eu não posso negar. Já não vejo a hora de te encontrar novamente; acho que estou carente de você, Maria Eduarda...

Cap. 61

Hoje me peguei a pensar como eram meus dias a alguns meses atrás, quando eu vivia dos sonhos que tinha com você, antes de te encontrar... Não me pergunte o motivo porque nem eu sei. Posso até usar um achismo e dizer que foi por que foram todos perfeitos. Voltei a uma das últimas vezes que sonhei com você e esse não foi perfeito! Lembrei-me do momento em que você me pediu pra te esquecer. Logo perdi a vontade de lembrar, fechei novamente meus olhos e tentei voltar a dormir, mas antes de conseguir tal proeza pensei... "que bom que naquele momento não te ouvi porque, pelo menos hoje, você está mais perto de mim, não mais em meus sonhos". Hoje estou tendo a chance de te mostrar quem eu sou e até mesmo quem eu fui e te deixar, de fato, decidir o que será bom pra você: se é viver esse amor ou desistir, ao menos conhecendo um pouco mais de mim. E, como estou falando de você, isso parece impossível neste momento saber qual será a sua escolha. Sei que não é nada fácil tomar essa decisão porque ela acaba sendo sua, mas com algumas influências. Então, respirei fundo e me levantei. Percebi que não foi só em minhas lembranças que você está. Hoje, Maria Eduarda, você está em mim, o seu perfume está na minha pele, você está cravada em meu coração. Isso mantém a minha esperança viva de podermos viver este amor, minha esperança se alimenta a cada dia, a cada tarde ensolarada, a cada noite estrelada, a cada vez que demoro a dormir por que acho que você também pensa em mim e também demora a dormir.

Cap. 62

Sabe, ouço muito você me perguntar se eu não me canso de você, de falar com você por 7 horas seguidas ao telefone. Não, não me canso! Agora, faço eu uma pergunta a você: por que me cansaria se eu te amo¿ não me canso nem de dizer isso, eu te amo Maria Eduarda, e me cansar de você, seria cansar de mim mesmo. Você foi a melhor coisa que aconteceu na minha vida, e nada vai estragar isso, nada vai me separar de você! Acho até que você esta perdendo seu tempo esperando que eu desista de você. Sabe por que¿ porque um amor verdadeiro nunca acaba só aumenta. A gente pode até estar longe, mas sempre é amor, nunca deixa de ser amor. E quem disse que o pra sempre acaba? A gente é que faz ser pra sempre, eu acredito nisso... Vamos fazer um pacto¿ nunca vamos desistir de nós, vamos fazer com que nosso amor seja pra sempre¿ então, agora eu digo, eu te amo pra sempre, com todas as letras, te amo pra sempre!

Cap. 63

Não sei por que, mas tenho pensado muito como será o dia que acontecer nossa primeira noite de amor... Será uma noite mágica, como aquelas de um filme para maiores de 18 anos¿ ou será uma noite clichê¿ será que você, Maria Eduarda, é dessas mulheres que tem que ser tudo sempre igual, marcado, cronometrado, de banhinho tomado, sem cheiro de fêmea, mas de sabonete¿ ou será uma noite de entregas e loucuras onde, entre quatro paredes valerá tudo¿ porque pra mim, fazer amor com quem amo, não tem limites, não tem hora, não tem lugar! Se entregar, é como pular de um abismo sem paraquedas. Sei e conheço bem o lance do clichê da mulher de hoje, e não me agrada nem um pouco esse tipo de mulher, mas sempre temos que concordar pra relação não acabar. Nunca entendi o porquê de não poder acordá-las no meio da noite pra fazer amor... Isso, pra elas é a morte! Chegar em casa suado e correr pro quarto e se entregar ao prazer, pra elas, é a pior coisa, mas é tão gostoso saber que a mulher que está ao seu lado não tem todos esses cliques... De você, eu espero que seja igual aos meus sonhos... Você, nisso também era perfeita! Pra você, não tinha clichês... Mas, só saberei se um dia chegarmos a ter essa tão esperada noite de amor...

Cap. 64

Hoje não esperava te ver, mas você chegou de repente! Foi muito bom, voltei a sentir a mesma sensação dos meus sonhos! Preparei um lanche pra todos e, assim que lanchamos, resolvemos passar o fim de semana juntos. Apressei-me em fazer minha mala, combinamos curtir o sábado em família, agora que você já conhece meu filho. Chegamos na sua casa e tive o prazer de conhecer a sua filha; você ainda tem um filho mais velho que mora fora do brasil. você tem que conhecer a minha filha mais nova! Então, resolvi fazer um convite pra passarmos o sábado na cidade dela e você aproveita e a conhece, pode ser¿ prontamente você aceitou! Combinamos sair bem cedo, então fomos pro quarto, conversamos e rimos por algumas horas, uma magia nos cerca nessas horas... Eu curtia a festa das crianças, mas te sentia bem desconfortável com aquela situação... Você parecia pensar, "a gente ainda nem namorados somos, como seria isso na cabeça das crianças,

se nós dormimos no mesmo quarto. o que podem pensar essas crianças¿" achei melhor, então, que eu fosse dormir na sala, mas, como dormir, se as crianças estavam fazendo a festa particular deles¿ acabou que também não consegui dormir, mas, de qualquer forma, o que me importava nessa noite, não era apenas eu e você e sim toda a magia de nossos filhos se descobrindo em uma relação que poderia ser de irmãos, não de sangue, mas de coração. Eu os vi na mesma sintonia, assim como nós estamos ficando a cada dia.

Cap. 65

Vamos pegar a estrada e não poderia ser diferente: as crianças apagaram no banco de trás e eu e você fomos curtindo a viajem e conversando sobre várias coisas e rindo como de costume em nossos momentos. Estávamos ouvindo musica e cada vez mais próximos porque, quando não estamos juntos, acabamos ficando sempre horas ao telefone. Então, já temos uma grande intimidade, nos conhecemos bem. A cidade tem histórias pra nós dois: pra mim, porque tive uma vida ali. Foram 12 anos. Foi ali que

construí uma vida e pra você, por que passou boa parte da sua infância, tinha casa de veraneio na cidade, então era como voltar ao passado. Vamos começar o dia, primeiro uma parada na padaria para tomarmos um café, porque essas crianças precisam de alimentos. Após a parada estratégica para se alimentar, demos uma volta no shopping e resolvemos ir à praia. O dia estava nublado, não para nós que nos parecia que o sol brilhava! Ver as crianças felizes, pra mim, era um acalanto ao meu coração porque meu filho não aceitava outra pessoa na minha vida desde que me separei de sua mãe. Pra mim, ver nós cinco ali, era como estar dentro de um sonho da minha mente insana... Mas não era mais sonho, agora tudo é real! As crianças correndo na areia da praia... Cheguei a lembrar da primeira vez que te encontrei nos meus pensamentos, também foi na praia, num dia de sol... Aquilo tudo pra mim era Perfeito, se fosse um sonho, não queria acordar!Ver nossos filhos felizes era tudo que eu precisava pra ter a certeza que você é o amor da minha vida! Isso é como ter a aprovação deles pra poder viver esse amor com você, mas...

Você sempre me parecendo muito pensativa com tudo aquilo, dando a impressão que tudo está sendo rápido demais. Sim, está, mas não por estarmos forçando a barra e, sim, porque nossas almas querem que assim seja! Fomos almoçar. Posso dizer que foi o primeiro de muitos em família. Já era hora de entregar minha filha pra mãe, mas antes ela não podia deixar de fazer uma das suas: coloca-nos em uma saia justa, "pai, você e a tia estão namorando" ¿ vem aquele silêncio, mas minha vontade era responder que "sim, estamos filha", mas tive que me conter e deixei pra você responder Maria Eduarda. "estamos", você diz e eu prontamente respondi "sim filha, estamos". Vem aquele sorriso de quem estava feliz por me ver feliz, mas eu sabia que não estávamos namorando, infelizmente... É hora de irmos, viagem tranquila, mas antes de chegar em casa, tínhamos que parar no Mac donalds, pois tínhamos prometido isso às crianças. Depois, fomos direto pra casa. Que dia maravilhoso foi este em família! Se deus quiser e ele quer, esse foi o nosso primeiro de muitos dias felizes em família. Eu te amo!

Cap. 66

Com todas aquelas novidades, tínhamos que parar pra conversar e assim foi, mas estávamos muito cansados... Começamos a conversar, você falou o que eu realmente já havia sentido, que tudo estava rápido demais e que agora, também as crianças estavam envolvidas nessa história. Tenho que concordar com você, Maria Eduarda, mas, pra mim, as coisas estão andando tão naturalmente, que não me assusta. Enquanto conversávamos, você adormeceu e como a conversa não tinha acabado, resolvi dormir onde era o meu lugar, na sala do lado do meu filho, porque mesmo que já tenhamos uma intimidade, não tivemos ainda a tão sonhada noite de amor e não somos oficialmente namorados, porque eu ainda não tinha te feito o pedido e muito menos conversado sobre isso. E depois de ouvir o pouco que você falou, me deixou muito inseguros de falar algo sobre isso... E foi nesta hora que me deu uma louca vontade de voltar aos meus velhos sonhos, onde eu podia na maioria das vezes controlar toda situação, mas não dá mais pra ser assim. Não é mais sonho, é real, mesmo que de certa forma sempre que estamos juntos, pareça sempre que estamos vivendo um sonho acordado. Parece que

estamos em um sonho por que é tudo sempre tão perfeito... Acabou que adormeci em pensamentos no sofá e como nos meus sonhos você apareceu. "vai dormi ai¿", eu meio sem saber o que estava acontecendo, se era sonho ou realidade, me levantei e fui atrás de você. Sim, essa seria a nossa primeira noite dormindo na mesma cama... Parecia um sonho... Tentamos voltar à conversa, mas não deu. Não foi adiante por que adormecemos... Foi uma noite perfeita, mesmo que, até aquele momento, nada tivesse acontecido. Acordar e ter você como a minha primeira visão do dia é algo indescritível e ainda ouvir você falar que era isso que você queria né Frederico Antonio¿ acordar do meu lado, sim era isso Maria Eduarda e, naquele momento, o dia ficou colorido! Aí, então, aconteceu nossa manhã de amor! Sim, a nossa primeira manhã de amor! Foi maravilhoso, tudo perfeito como eu havia sonhado! Você é minha alma gêmea... Essa manha de amor provou que fomos feitos um para o outro... Foi um momento único, mágico, algo inenarrável a meu ver... Agora sim, pra mim tudo se fechou, não falta mais nada, a não ser você aceitar ser o meu eterno amor... Não tive coragem de fazer à tão esperada pergunta naquele momento, ate porque eu fiquei meio fora de mim por algumas horas. Tudo aquilo, pra

mim, era um sonho. Levantamos, tomamos café e voltamos pra cama. Agora, sim, vamos conversar.

Cap. 67

Deitados na cama, conversamos por alguns minutos. Acho que aquela conversa seria uma primeira DR nossa! Mas até isso tem um ar sutil e leve. Falamos do nosso momento, de como seguiríamos com a relação, agora que nossos filhos estavam envolvidos. Você colocou que sempre foi dona da sua vontade e que, agora, não estava mais conseguindo ser assim. Que tudo te assustava, em meio às nossas palavras tinha a presença das crianças, (que a mim não confunde em nada, me dá mais certezas das minhas escolhas) mas a você, sei que te traz mais dúvidas, mais inseguranças. Sinto-me de mãos amarradas porque não tenho como te ajudar, é você quem tem que decidir qual caminho tomar e me parece que a cada acontecimento, você se perde. Resolvi, então, na presença das crianças, tomar uma atitude ousada: perguntei se você aceitaria namorar comigo. Eu parecia um adolescente de 14 anos, mas achei que isso pudesse amenizar alguns de seus

conflitos internos. A alegria tomou conta do quarto, ao menos pra mim e às crianças, mas, mais uma vez, te senti desconfortável!Você pediu um tempo de um ano pra pensar... Só você mesmo Maria Eduarda... Que ambiente gostoso que estava no ar... Você, mais que depressa, usou uma saída de emergência! Acho que a última que te restava naquele instante. Vou fazer um bolo! Fomos todos pra cozinha, parecia que naquela forma de bolo você encontraria uma saída. Rimos muito enquanto se preparava o bolo que, na verdade, viria a ser a sua intimação final a uma resposta a minha pergunta. Bolo pronto, todos à mesa, só comeremos o bolo após sua resposta, dona Maria Eduarda e você, sem saída, sob pressão total, responde "sim, eu aceito"! Estava instaurada a alegria naquela mesa. Sei que sua resposta veio da pressão, algo que a mim também passou a me deixar pensativo... Posso dizer que até com um medo grande do futuro da nossa relação. Somos namorados ou não¿

Cap. 68

Hoje estou com um medo enorme de te perder. Eu tenho medo de te ver ir embora, mesmo que não seja chegada a hora. Medo de ouvir você dizer que não quer mais viver a nossa historia. Medo de você me deixar sozinho. Abraço-te e imagino o que fazer se este for o último abraço. Como será se eu nunca puder viver com você a nossa história¿ tudo isso me dá medo, se eu não puder mais te tocar, te abraçar, te beijar... E tudo voltasse a ficar apenas na minha imaginação dessa minha mente insana¿ acho que eu não aguentaria nem uma noite sequer sem chorar... Eu sei disso e tenho medo. Tenho medo que jamais você me queira e me ama como eu te amo. Sei que tudo tem fim, tudo menos a minha vontade de amar você. Essa eu acho que nunca terá fim! É isso que me assusta, tenho medo! Hoje tenho mais medo do que ontem e, amanhã, mais medo do que hoje! Isso me faz perder o sono e até me faz sofrer por antecipação. Ainda te vejo muito longe, por mais perto que possamos estar. Sinto-te ainda muito longe de se entregar a mim, ao meu amor e isso me dá medo. Preciso aceitar essa realidade de não te ter ao

meu lado, mas isso me dá medo. Por isso, eu te peço, me tira este medo Maria Eduarda!

Cap. 69

Já tive medo de me jogar em algumas relações, mas hoje não tenho medo de dizer-te amo pra você, Maria Eduarda! Não tenho medo de dizer que sim, você é o amor da minha vida, nem medo de arriscar a viver essa relação. Hoje, me dou o direito de fazer o que tenho vontade com os meus sentimentos, mesmo que com medo. Hoje, faço o que tenho vontade, sei arcar com minhas consequências. Hoje, eu vivo o que a vida me oferece e tento aproveitar ao máximo cada oportunidade que ela me dá de ser feliz. Eu vivo o momento, até me preocupo com o futuro, mas prefiro usar meu tempo vivendo sendo feliz. Passo por cima dos meus medos, os atropelo. Acho que é por isso que as coisas acontecem. Estou sempre aberto para os novos sentimentos. Não tenho medo de amar, muito menos de dizer que amo. Quero ser feliz! O meu único medo é deixar de viver alguma coisa que poderia modificar toda a minha existência por medo. Alegria a gente encontra nas coisas

simples do dia a dia, carinho e felicidade vem ás vezes de onde a gente menos espera. Prefiro me arrepender do que fiz, do que me arrepender do que deixei de fazer por medo. É muito torturante pensar em como poderia ter sido, se eu tivesse feito algo que deixei de fazer por medo. Sei que se me arrepender, será por não ter insistido mais, lutado mais, ter querido mais. Não será nem a primeira e nem a última vez que farei algo com medo. O arrependimento de não ter lutado, ensina, mas o medo nos paralisa. Tira momentos incríveis, então, mesmo com medo, vou lutar, vou seguir em frente a te amar Maria Eduarda.

Cap. 70

Ontem você falou, "somos tão diferentes "... Aí então, parei e tentei identificar onde estão as nossas diferenças que você tanto diz. Eu quero você e você quer me fazer desistir¿ você me conquistou no primeiro sonho, eu não te conquistei até agora. Eu quero viver, você quer pensar! Eu quero a sorte de viver um amor tranquilo, você quer apenas com ele sonhar! Você gosta das montanhas e do frio, eu gosto do sol, do mar e das ondas... Mas podemos ser felizes

juntos em qualquer desses lugares, não brigaremos por nada disso. Eu gosto de tomar cerveja, você gosta de um bom vinho nós brindaremos a boa companhia um do outro eu quero você agora. Você acha que não é a hora, que podemos esperar. Nós nos equilibramos... É assim que eu vejo a nossa relação; nós já perdemos tempo demais nesta vida para darmos lugar a essas tantas diferenças que você diz que temos. Elas não vão nos atrapalhar, podem apenas fortalecer a nossa relação, podem nos fazer respeitar um ao outro nas suas diferenças. Eu quero ser feliz e você quer ser feliz. Então vem, esquece essa história de sermos tão diferentes e vamos viver nossas diferenças e sermos felizes, Maria Eduarda.

Cap. 71

Você não sabe o porquê de todos os meus medos, mas vou tentar te dizer: você acha que não me merece, que eu nem devo te convencer do contrário. Você não enxerga quem você é, e eu apenas fico tentando te mostrar quem eu quero que você veja Maria Eduarda. Você questiona se nosso relacionamento pode ser real, digo com toda certeza

que sim, pode ser real. Meu sentimento é verdadeiro desde o início, contudo acho que você não esta sendo tão verdadeira assim com você mesma. Você sabe dos meus sentimentos e eu sei dos seus traumas, fraquezas, defeitos. Mas acho que você já sabe quem eu sou e você é um projeto de quem você quer ser. Porém, você ainda não é, porque você não confia mais em ninguém, não confia nem ao menos em você mesma. Vive sempre achando que no final tudo vai acabar como antes e você vai ficar sozinha. No final, acho que você gosta de colecionar histórias, de viver histórias, acho até que você é capaz de me inventar, do seu jeito, só pra poder se esconder de viver a nossa historia. No fundo, você sente vergonha do que se tornou, e a culpa não é minha; a culpa é apenas sua. Sei que você ignora algumas coisas da qual você não quer lembrar, por exemplo, de como é bom amar. O erro é meu, eu assumo, tenho tentado te mostrar como é bom amar; não tenho que me justificar porque quero te fazer me amar. Na verdade, não existem justificativas. Eu apenas sou assim enquanto você acha que se esconder em você mesma não vai estar se ferindo, acha que se você viver na defensiva nunca vai se ferir. Engano seu, se defender o tempo todo pode acabar te ferindo muito mais. Primeiro, o golpe pode até não parecer que vai doer, mas quando você perceber que deixou de

viver uma linda historia, aí sim pode te doer e muito! Eu não faço e nem sofro por antecedência. Mas você já sofre por isso a culpa é minha amor, inteiramente minha de ter entrado na sua vida.

Cap. 72

Tentei me afastar de você, ao menos em pensamento e nem isso eu consigo. Ninguém é dono da felicidade de ninguém, mas você parece ser dona da minha porque sempre que estou pensando em você, sou tão feliz! Sei que somos livres, não pertencemos a ninguém e não podemos querer ser donos dos desejos, da vontade ou dos sonhos de quem quer que seja, mas eu tenho a vontade de ser dos seus e resolvi entrar na sua vida de qualquer jeito, sem nem saber se era isso que você queria. Por isso digo que a culpa é minha, mas a razão da sua vida é você mesma. A sua paz interior deve vir de você, mas quando você sentir um vazio na alma, e acreditar que ainda lhe falta algo, tipo o amor, lembre-se que eu estou aqui ou já estive aqui, mesmo você achando que longe de mim você tem tudo. Remeta o seu pensamento para os seus desejos mais íntimos e busque o

que de mais intimo existe dentro de si. Pare de procurar a sua felicidade tão longe; ela esta tão perto... Não tenha desejos longes demais das suas reais intenções. Agarre aqueles que estão ao seu alcance hoje. Se buscar algo novo, busque no seu interior. Esta é a sua resposta para decidir. Você é reflexo do que deseja pra si mesma. Pare de pensar mal de si e seja o seu melhor sempre que, então, o mundo lhe abrirá um sorriso de aprovação porque sabe que você tem o melhor pra oferecer. Você vivendo o que deseja, as pessoas terão uma melhor visão de você e isso prova que você esta pronta para ser feliz. Trabalhe muito a seu favor, dentro de si mesma. Pare de esperar a felicidade, vá até o encontro dela. Pare de exigir tanto de você. Você não é mais uma mulher moderna Maria Eduarda¿ nossa compreensão do universo ainda é muito pequena, para julgarmos o que quer que seja. Na nossa própria vida, às vezes, apenas o que temos que fazer é viver!

Cap. 73

Se hoje eu dissesse a você que não quero mais esperar tua decisão, se quer ou não viver a nossa história, como você se sentiria¿ acho que se sentiria bastante confortável com isso, por saber que não mais precisaria se despir das suas armaduras de mulher moderna, que não precisaria enfrentar o mundo de frente pra explicar tal ato de tamanha loucura que é viver um amor perante esta sociedade hipócrita, de valores distorcidos, que colocam a instituição casamento como algo falido porque não conseguem encontrar um amor de verdade, porque são pessoas que não são de verdade, que se escondem de si mesmas por conta do que os outros vão dizer, por não querer sair de dentro de si mesmas e mostrar que, na verdade, o que querem é sim constituir uma família, que não acham que o casamento é uma instituição falida. Mas elas preferem viver de modismos, está na moda não se envolver, está na moda não se casar, está na moda ter só uma noite de prazer, apenas pra satisfazer os desejos da carne, mas onde fica o desejo da alma? Onde estão as suas verdadeiras essências¿ hoje, na sua maioria, são pessoas reprimidas que vivem de aparência, mas que no fundo carregam dentro de si um

vazio. Por isso acho que pra você, hoje, seria até melhor que eu te falasse que não quero mais viver a nossa história, mas não vou te falar isso porque não compartilho dos desejos desta sociedade hipócrita. Está em você a sua escolha e só você pode decidir como vai viver a sua vida, Maria Eduarda.

Cap. 74

Acho que eu já entendi que as coisas não serão como um dia eu sonhei. Já entendi que você não é pra mim, que somos diferentes, pensamos diferente, e hoje, não quero viver essa historia sozinho, nem lutar por um amor sozinho, muito menos amar por nós dois. Minhas experiências com esse tipo de relação foram varias e tirei algumas lições delas. Acho que não estamos compondo a mesma música, a melodia não esta combinando com a harmonia e em meus ouvidos está soando bem desafinado.

Queria ouvir você falar de amor pra mim, talvez a melodia combinasse com a harmonia, mas acho melhor deixar você ir, apesar de não me agradar a sensação de ter que desistir de algo que não vivi. É melhor assim, sei que vai doer, mas

sei que posso superar. Não sei se posso superar te ver sempre assim fechada, assustada, amedrontada com cada fato novo da nossa pequena jornada. Eu deveria estar triste agora, por estar aqui falando com você, com ar de despedida, mas me sinto tranquilo, porque sei que tentei. Pode ser até que eu tenha fracassado de alguma forma nesta minha tentativa de fazer parte da sua vida... Não sou de deixar passar avisos do destino, mas não dá pra lutar sozinho e, Maria Eduarda, não sei por que nossos caminhos se cruzaram. Deve ser coisa do destino, mas acho melhor agora eu seguir sozinho, procurar um novo caminho. Sim, estou tranquilo agora porque isso é apenas um ensaio de como poderá ser um dia nossa despedida. Espero que esse dia não chegue, pois não curto despedidas... Espero que você aprenda a falar de amor e que as coisas não te assustem mais. Espero que você entenda que tudo está caminhando na dinâmica natural da vida, que você não dê ouvidos às bocas invejosas. Sabe, eu me sinto tão seu, mas não te sinto tão minha. Só queria saber se um dia você será minha ou voltarei a ter você somente em minha mente insana e em meus sonhos. Hoje eu queria tanto te ver e ouvir você dizer que sentiu minha falta. Isso hoje me faria tão bem...

Cap. 75

Acho que você leu meus pensamentos e apareceu por aqui. Tinha que sair pra resolver algumas coisas e fomos juntos. Acabou que passamos. À tarde e boa parte da noite juntos. Sabe te senti bem cansada de algumas situações bem chatas, te senti bem preocupada e com toda razão, mas, também, te senti bem mais próxima de mim e isso me deixou muito feliz. Acho que hoje, de alguma forma, faço parte da sua vida. Te senti mais leve em relação a mim e à nossa relação. Sinto que, ainda com palavras, você não sabe se expressar, mas com atitudes, você se mostra a cada dia mais envolvida. Não vou ser tão radical, alguma coisa, hoje, você já fala e com isso vou tendo a certeza que não voltarei a te ter apenas nos meus sonhos de minha mente insana. Sinto que vamos sim viver a nossa história e não vejo isso demorando muito. Nada pode vencer o amor. A inveja não é e nem será mais forte que nosso amor. Algumas pessoas podem tentar nos afastar, mas, como você mesmo me falou a verdade sempre aparece e entendo que já apareceu e isso só nos fortalece pra construirmos uma relação sólida, em alicerces bem feitos. Não quero e não teremos uma relação construída em bases superficiais,

onde tudo pode estremecer! Não, a nossa relação, não!Já estou ansioso pra chegada do fim de semana.

Cap. 76

Hoje resolvi deixar minha mente insana livre, pra que eu pudesse voltar aos meus velhos sonhos. Aos poucos fui me envolvendo em pensamentos e deixando fluir. Logo me pus a sonhar... Eu chegava e você já me esperava. Sem se conter a me ver, largava tudo e corria ao meu encontro e me abraçava como quem não queria mais soltar, como se tivesse sentido tanto a minha falta; beijou-me e me disse assim: "ah! Frederico Antonio, você é tão importante pra mim, senti tanto a sua falta... eu precisava tanto te dizer uma coisa, eu não sei mais viver sem você!" nunca imaginei ouvir isso de você, estou tão feliz Maria Eduarda... Que bom que você resolveu falar sobre o que sente por mim. Eu também não vivo sem você! Sim, isso é

sonho e acho que isso esta tão distante da sua realidade...
Mas graças à minha mente insana posso sonhar que estou
ouvindo isso de você! Acho que nunca ouvirei essas
palavras... Na realidade, como é bom te ter ao meu lado

hoje, poder te tocar de verdade Maria Eduarda! Meus
sonhos também eram todos perfeitos, inclusive você, na
maioria das vezes, sempre falava o que eu precisava ouvir.
Hoje ainda temos a insegurança na nossa relação. Às vezes
me parece que tem prazo de validade, tipo assim, venceu
joga fora¿ acho que será assim quando você se enjoar de
mim. Me jogará fora da sua vida como um produto com
prazo de validade vencido. Como ainda não foi vencido
meu prazo e muito menos eu estou vencido em te fazer me
amar, vamos lutar para quem sabe eu poder ouvir isso de
você. Quem sabe até não será neste fim de semana, na
casinha branca da montanha?

Cap. 77

Neste final de semana, fomos para a casinha da
montanha pra passarmos o fim de semana juntos; mais um
e como os outros, mais um fim de semana perfeito, com

muita alegria. Assistimos filmes,Comemos coisas gostosas que você preparou e pude conhecer um pouco mais do seu trabalho com a terra dos

chocolates. Esses momentos tem sido excelentes para nossa relação. Fazemos as coisas juntos e isso nos deixa mais próximos. Hoje, até conversamos sobre um projeto muito bom, interessante, só não mais que o projeto da nossa relação que hoje, pra mim, é o maior projeto da minha vida, que é ter nossa família... Sabe, eu faço alguns planos pra nossas vidas; alguns planos são só meus não posso te contar porque sei que você não os compartilharia. Eu fico muito feliz por saber que as crianças também estão felizes com os nossos fins de semana em família. Amo vocês!

Cap. 78

Às vezes, me ponho a pensar sobre tudo o que estamos vivendo e você me percebe pensativo. Acredito que é por já me conhecer um pouco melhor ou porque sou muito transparente nos meus sentimentos e me pergunta no que estou pensando, mas, na maioria das vezes, não tenho como lhe contar no que penso por que acho que você não iria entender, por eu não saber me expressar como eu deveria, porque sou bem melhor escrevendo do que falando... Penso muito se foi você que me ensinou a ser

assim, você sempre pensa muito em tudo, então hoje, acabei pegando um pouco disso de você. Muitas vezes, estou só te admirando... Quando te olho, tentando entender como te criei dentro de meus sonhos e você ser exatamente como eu sonhei, percebo que tem algo divino nisso. Meus pensamentos são vários, mas bem esclarecedores. Vêm sempre cercados de alguns medos e, claro, não poderia ser diferente! Você, em meus sonhos, falava com atitudes que me mostravam o que você queria dizer, mas hoje, na nossa realidade, é diferente. Você não fala e acho que depois que eu falei que conseguia lhe ver, falar com o corpo, com o olhar, com gestos e atitudes, parece que isso tudo agora também é controlado por você e meus medos sumiram. Não sou um cara acostumado a viver de achismo e, com você, não quero ser diferente; não quero passar a minha vida toda ao seu lado vivendo do achismo. Então é por isso que fico pensando muito, é apenas para tentar buscar algo de concreto que venha de você, de como você esta nesta relação, se tem fundamento algumas coisas que penso ou se são coisas infundadas, coisas que eu não deveria estar cogitando...

Cap. 79

Sabe o que eu mais gostaria agora¿ era de poder ler seus pensamentos, saber o que você pensa saber o que se passa com você quando estamos juntos ou não... Imagina só isso¿ eu poder ler todos os seus pensamentos¿ mas tenho medo de uma única coisa, de não gostar do que você pensa sobre a gente. Se isso fosse possível, acho que eu me ariscaria nessa aventura, de estar dentro de você, estar em seus pensamentos como se fosse um filme. Eu saberia de tudo o que você não me diz ou pensa Maria Eduarda. Então eu saberia se devo seguir ou desistir de tudo neste momento, mas iria depender dos seus pensamentos... Você não poderia me esconder nada, seus mais profundos segredos e desejos seriam todos revelados, saberia das suas mentiras e verdades. Mas acho que nunca mais eu teria sossego de saber que, a qualquer momento, eu poderia entrar em seus pensamentos e saber o que você esta pensando em relação a mim! Você seria descoberta, desvendada. Sem poder ler seus pensamentos, há algum tempo atrás, eu consegui descobrir um pouco de você; imagina se eu pudesse realmente vasculhar seus pensamentos... Você nunca mais estaria em segurança

dentro de você em relação a mim! Não, isso não pode existir, seria perigoso demais pra mim... De repente não sou tão parte deles assim... Então, guarde seus pensamentos para você, somente para você... Não, infelizmente ou felizmente, não posso ler seus pensamentos para saber o que você pensa de mim e de nós. Não posso ler seus pensamentos para tentar te entender mais profundamente, mas, no final, isso não tem tanta importância assim porque se quero saber algo, só posso saber o que você quer que eu saiba, só posso ir ate onde você acha que é necessário pra nossa relação. Sei que tenho que te conhecer, mas até onde você quer me mostrar... O que eu posso fazer é desvendar você e sei que ainda vou descobrir alguns de seus mistérios... Pensando bem, que bom que você também não pode ler os meus pensamentos porque falar o que estou pensando, neste momento, é algo que você nunca saberá, assim como eu nunca saberei de você!

Cap. 80

Vou conversar com você sobre o que acha. Acredito que já está mais do que na hora da gente parar de ter medo dessa relação. Nada seria nos dado por deus, se ele não tivesse a certeza que somos capazes de viver essa história. Acho que somos capazes de assumir e de vencer todas as barreiras que possamos ter. Quer saber de uma coisa¿ nunca devemos ter medo de assumir responsabilidades; sei que uma relação nos dias de hoje é uma grande responsabilidade, não apenas para as pessoas envolvidas, mas para uma sociedade inteira. Devemos agir sempre com determinação, sentimento, força e coragem para assumir uma relação perante a esta sociedade hipócrita dos dias de hoje. Portanto, devemos assumir este desafio de frente porque não temos nada mais a temer. Acredito estarmos preparados pra viver este amor, não preparados por que achamos e sim por que deus nos preparou com tudo o que já vivemos até aqui pra hoje estarmos podendo nos conhecer melhor e termos a chance de poder estar sendo felizes juntos. Sei que haverá cobranças, indagações, mas acho que a nossa maior aprovação nos já temos que é a dos nossos filhos e pra mim isso basta. Pode acreditar, não

serão só pra você os questionamentos, pra mim também! Claro que diferentes dos seus, mas terei também que ficar me explicando porque resolvi assumir uma relação, com uma mulher mais velha do que eu nesta altura da minha vida, como se isso fosse fazer alguma diferença. O que me importa é ser feliz, não importa se você é mais nova ou alguns anos mais velha do que eu. Eu te amo e você me faz feliz! Então, como eu já falei, a felicidade alheia incomoda e muito!

Cap 81

Ultimamente você tem me surpreendido muito e posso dizer que estou bem feliz com tudo isso. Fazia 24 horas que tinha saído da casinha branca e você meio que me convidou a voltar pra passar o feriado juntos e claro que eu não recusei. Preparei-me e voltei pra perto de vocês, claro que tinha algumas restrições porque não se pode usar a cozinha quando você esta na produção. Logo, não se tem comida na casinha branca, mas você acha que alguém está preocupado com isso¿ nós queremos apenas estar juntos.

Tudo bem, claro que nós aceitamos as condições impostas por você, mas é claro também que.

Hoje, você já voltou a ser a mamãe quase perfeita, o que havia dito que não faria mais. Acabou fazendo!(risos) foi pra cozinha fazer a comida pra todos, pedimos só um acompanhamento e foi tudo maravilhoso! Ahhh, essa é a Maria Eduarda que eu sempre quis e esperava encontrar; a que não é uma mulher moderna em tempo integral e, sim, a que é mãe, mulher, amiga, companheira e acho que consigo vêla bastante presente em você e isso me deixa esperançoso em relação ao nosso futuro. Passamos um fim de noite muito agradável, conversamos como sempre, morremos de rir de situações corriqueiras, mas não consegui ainda conversar com você sobre o que eu acho... No fim acabamos pegando no sono...

Cap. 82

Não sei nem porque, mas no meio da noite acordamos, trocamos algumas palavras. Pensei que já estava na hora de levantar, porque você acorda com os galos, mas não estava. Acho que acordamos apenas nas nos abraçarmos e voltamos a dormir. É tudo tão perfeito quando estou com você que nada tem uma explicação lógica, mas acaba tudo sendo tão mágico... Acordamos cedo por que você ainda tinha muita coisa pra produzir, passou a manhã inteira fazendo suas coisas enquanto eu escrevia alguns capítulos do livro. Editei uma música junto com meu filho e, como sempre, as horas passam tão depressa que quando vimos, já estava na hora do almoço. Você preparou algo simples, mas, como tudo o que faz tem o amor envolvido, fica tudo muito gostoso. Você resolveu descansar um pouco após o almoço, então fomos deitar, conversamos por alguns minutos e pegamos no sono por pouco tempo. Você tinha que voltar pra produção, mas está sendo tão maravilhoso estarmos juntos que não conseguimos sair da cama e, a certa altura, você me diz: "Frederico Antonio, quero minha vida de volta! quando estou com você não consigo fazer mais nada, não tenho vontade de nada, apenas de ficar

assim agarradinha com você e assim ficarmos a tarde toda e à noite, só levantarmos pra comer uma pizza com as crianças e voltarmos pra cama, logo adormecemos!" que dias perfeitos estes que estamos passando juntos Maria Eduarda, só posso te dizer que a cada dia te amo mais e tenho a certeza que você é o meu grande amor. Infelizmente, tenho que ir embora, mas já está chegando o fim de semana e logo estarei de volta.

Cap. 83

Por que você esta brigando comigo¿ eu não fiz nada, apenas não pude te mandar mensagem porque estava sem luz aqui. Quatro horas sem contato algum. Hoje pude ter a certeza que já somos um do outro. Essa tua reação de preocupação comigo me fez sentir especial. Hoje tenho a certeza que tenho sim um lugar na sua vida, assim como você tem na minha e temos uma relação de fato. Estamos vivendo momentos maravilhosos e não preciso mais conversar com você sobre assumir ou não esta relação que já esta mais que assumida e não interessa o que as pessoas vão dizer. Não são ela que vivem a nossa vida, não sabem

dos nossos sentimentos e só nós sabemos o que é melhor. Não vejo a hora de poder estar com você de novo pra passarmos mais um fim de semana juntos, só que este será diferente. Teremos, pela primeira vez, a companhia de um casal de amigos seus e de nossos filhos. Sei que será mais um fim de semana maravilhoso e isso é mais um sinal que a nossa relação já e um fato, por mais que tenhamos medo, não da mais pra fugir do que está acontecendo. Você não acha Maria Eduarda.

Cap. 84

E chegou o fim de semana... Sexta feira fui pra casinha branca, mas antes fomos jantar com as crianças no restaurante japonês. Uma noite maravilhosa! Sábado, o dia foi bem corrido porque foi dia de evento e também a chegada dos amigos. Definimos o cardápio do fim de semana e ainda tínhamos que ir ao mercado, mas deu tempo de tudo. Desta vez foi tudo diferente como tem sido a cada fim de semana. Esta semana me senti ainda mais fazendo parte da sua vida... Estar com seus amigos me deixou muito feliz. Mostra que você está decidida em

relação a mim, que não tem mais medo, que agora somos um só. Cada noite de amor nos deixa mais próximo; são noites perfeitas de dois corpos que se desejam. Não são noites de filme pornô, mas são noites mágicas, leves, de conhecimento, amadurecimento, entendimento. Mostra que nossa relação não é só sexo, é uma relação que está se solidificando em outros pontos e se tornando a cada dia mais forte e indestrutível. Hoje já consigo ouvir de você coisas que não esperava ouvir tão cedo, mas já ouço, mesmo que ainda acanhada, você falar de sentimento e isso me deixa mais seguro a cada dia.Nosso domingo foi tranquilo. Pela primeira vez, fiquei a vontade na sua cozinha. Fiz o almoço de domingo. Foi um fim de semana muito especial, acho que vencemos mais uma barreira e hoje posso dizer que estamos namorando e temos planos maiores do que apenas ser um casal de namorados.

Cap. 85

Esta semana esta sendo bem difícil, mas você está do meu lado, me deixando bem tranquilo pra resolver as questões. Já tive várias relações, mas nenhuma chegou aos pés do que estou vivendo com você, uma relação madura. Você é uma mulher parceira, que sabe falar, sabe dar conselhos e com isso me passa tranquilidade, coisa que nunca tive nas minhas outras relações. Sempre foi isso que procurei, mas tinha que ser com você porque eu e você somos perfeitos juntos e isso não quero que acabe nunca. Essa paz, esta leveza da nossa relação tem que ser pra sempre. A cada dia, cada conversa, a cada noite de amor, tenho a certeza que você é meu grande amor. Você é minha mulher invisível, a mulher que eu criei em meus sonhos. Não poderia ser mais perfeita do que tem sido, como em meus sonhos, quando ainda não te tinha materializada em minha vida. Então, hoje o que estamos vivendo parece sonho, mas um sonho real, perfeito, que nunca vai se acabar porque você é e sempre será o amor da minha vida.

Cap. 86

Este fim de semana será mais um de novidades. Vou começar a conhecer algumas pessoas da sua família; é mais uma etapa que vamos vencer e acho que a mais difícil delas, mas sei que nada será capaz de nos desviar do nosso desejo e objetivo de estarmos juntos para sempre. Sei que ainda virão algumas tempestades que atrapalharão, mas isso já é de se esperar, como eu mesmo disse aqui, a felicidade alheia incomoda e muito o ser humano e porque que com a gente seria diferente¿ não será, mas hoje tenho a certeza de que nada disso vai abalar o nosso alicerce porque estamos construindo este amor em base sólida. Temos certeza do que queremos para o nosso futuro, temos o apoio das peças principais de nossas vidas que são nossos filhos, então aqui na terra nada será capaz de nos atrapalhar.

Cap. 87

Eu vou lutar contra tudo e contra todos porque não considero, em hipótese nenhuma, viver o resto da minha vida sem você, pode acreditar. Eu vou até o fim por você, pelo nosso amor, vou lutar até não ter mais forças, se preciso for pra não te perder. Vou enfrentar tudo e todos por você, tudo que eu fizer daqui pra frente pode ter certeza que é por você e não me importa o que os outros possam vir a dizer. Eu quero só você e mais ninguém para o resto da minha vida, eu te amo demais Maria Eduarda e farei tudo por vocês, pela nossa família. Não vejo hoje minha vida sem você, não consigo pensar no amanhã e não ver a nossa família sentada à mesa no almoço de domingo, não consigo imaginar uma viajem de férias sem você, um passeio no shopping sem você, uma mera visita à praia sem você. Nada disso faria sentido sem ter você na minha vida. Lutei muito para ter você ao meu lado e continuarei a lutar todos os dias pra te manter aqui comigo. Quero cuidar de você e de nossos filhos, quero ser cuidado por você, quero ter ainda vários outros fins de semanas maravilhosos como os que já tivemos até aqui, quero acompanhar ao seu lado as suas vitórias, quero fazer parte de todos os seus planos

futuros, assim como você faz parte dos meus. Quero ficar velho gagá ao seu lado, quero olhar todos os dias até o último minuto de minha vida pra você e pensar: valeu a pena cada esforço meu pra ter você ao meu lado, valeu cada sonho, cada noite acordado porque você é perfeita e será minha companheira para o resto de minha vida!

Cap. 88

É Maria Eduarda, você é aquela pessoa que eu decidi jamais deixar fugir da minha vida. O que sinto por você é muito mais do que amor, é muito mais do que gostar, não é paixão, carinho ou qualquer outro sentimento. É amor, tenho certeza que é amor. É algo que vai muito além do que qualquer mero sentimento ou qualquer compreensão dos seres humanos desta terra é um entendimento que acho muito difícil que qualquer pessoa um dia possa ter o que sinto por você é coisa de almas, algo de outras vidas é algo que apenas sinto que você deverá permanecer em minha vida para sempre. Meu amor por você é eterno, algo inexplicável e algo a ser vivido e não para ser explicado, porque neste tipo de amor não cabem explicações.

Cap. 89

Um dia eu cheguei a pensar que seria difícil eu voltar a me relacionar com alguém, pela dificuldade do meu filho em aceitar outra mulher que não fosse a mãe dele na minha vida. Quando me separei dela, por opção, ele preferiu ficar comigo, coisa que não é muito comum, mas não pude negar, até porque, me considero um excelente pai para os meus filhos. Com muita conversa, consegui fazê-lo entender que eu precisaria seguir minha vida, mas sei que não dependia tanto dele e sim da mulher que eu iria escolher pra isso e, graças a deus, você Maria Eduarda, foi perfeita até nisso! Conquistou-o! Por muitos anos e por experiência própria, sempre me negava a ter uma relação com alguém que já tivesse filhos porque sei o que meu pai passou, mas tive que rever esta minha posição, pois nos dias de hoje e com a idade que tenho, não encontraria alguém que não tenha filhos e você tem uma princesa linda e um menino que eu ainda não conheço. Mas a menina é encantadora e foi uma coisa tão natural, que ela realmente parece minha filha, a minha menina. Também você já conheceu e a conquistou como conquistou meu filho. Os vejo juntos, todos os fins de semana e mesmo não sendo

irmãos de sangue, se dão tão bem, que parecem ser. Posso dizer que eles não atrapalham em nada a nossa relação e sim, ainda nos traz a alegria de uma família e torcem pra que a gente se case e tenhamos uma vida em comum. Isso, para mim, é uma forma de me mostrar que esta nossa relação tem a mão de deus, é tudo tão perfeito, encantador, tudo se encaixa de uma maneira tão natural, que às vezes parece irreal. Parece sonho, mas não é. É tudo real e encantador. Eu amo vocês!

Cap. 90

Sexta feira chegou, é dia de ir pra casinha branca. Você me pegou aqui e subimos a serra. No caminho, passamos para pegar, o primo que já nos esperava na rodoviária. Fomos direto pra casa e conversamos um pouco, não muito, porque ele tinha um compromisso e nós também... Tínhamos que matar a saudade porque, desde que estamos juntos, esta foi à primeira vez que ficamos tanto tempo sem nos ver e eu estou morto de saudade! Conversamos um pouco e acabamos dormindo... Já tínhamos o fim de semana programado, sábado vamos cozinhar juntos, mas

antes, temos que ir ao mercado e assim foi. Aproveitamos à tarde na cozinha pra conversarmos um pouco e eu Pude conhecer o Fernando, seu primo, e ele a mim, já que ele seria a primeira pessoa da família que estava tendo contato comigo. Não que outras pessoas não me conhecessem, é que me conhecem apenas como seu amigo e não como namorado. O almoço saiu quase no jantar, mas foi bem legal e, como o mundo é pequeno, a mulher que o Fernando está conhecendo tem a ver com o meu passado, mas isso não é pra ser levado em conta, é só pra mostrar como o mundo é bem pequeno mesmo. À noite, Fernando saiu pra namorar e nós ficamos em casa curtindo. Tínhamos que dormir cedo, mas não foi bem assim... Você não conseguiu dormir por problemas externos à nossa relação e domingo fomos passear com as crianças, ao shopping e na casa de um casal amigo. Passamos o domingo todo na rua; foi um dia muito legal, mas que acabou com problemas: tivemos nossas primeiras briguinhas, mesmo que bobas, mas tivemos. Sei que isso fará parte da construção da nossa relação e para que possamos nos conhecer melhor. Não pensei que tudo seria sempre perfeito como tem sido quando estamos juntos, bem que eu gostaria que fosse... O que temos que ter, é sabedoria pra não deixar essas coisas externas e até mesmo

as que nós fazemos nos afetar de uma maneira que a relação fique sempre em uma gangorra e acho até que estamos nos saindo bem com isso. Estamos passando, com tranquilidade, por todos esses obstáculos que nos tem sido apresentados. Sabe Maria Eduarda, queria te dizer uma coisa...

Cap. 91

Hoje Maria Eduarda, dia 23/10/2016, estamos completando um mês, 30 dias, 719 horas, 43.140 minutos, 2.588.400 segundos juntos. Sei que isso ainda é muito pouco perto do que ainda vamos viver juntos, até porque, ainda temos uma vida toda pela frente, meu amor. Hoje, só tenho a te agradecer e muito, por você ter acreditado no meu amo e ter me dado à chance de te provar o quanto eu te amo. Você é importante para mim e por ter entrado na minha vida, você foi o amor que eu pedi a deus e ele me enviou um anjo, você! Hoje, sou a pessoa mais feliz do mundo; com você sinto uma paz, uma alegria, sinto uma sensação tão boa, me sinto mais completo ao seu lado, me tornei uma pessoa muito melhor e, a cada dia que. Passa-

se, tenho mais certeza que você é à mulher da minha vida. É ao seu lado que vou passar o resto dos meus dias, é com você que vou me casar pela última vez e compartilhar os momentos mais felizes da minha vida. Esse seu sorriso é uma das melhores coisas do mundo. Amo te ver sorrir, porque seu sorriso é perfeito, principalmente quando vejo a felicidade nele e é ainda mais perfeito quando vem junto com um abraço apertado. Acho que todos já percebem o quanto sou feliz ao seu lado, como você me faz bem! Meu amor, você é incrível, você me completa, como nenhuma outra mulher me completou até aqui. Acho que no mundo ninguém conseguiria me completar como você. Acho que nunca fui tão feliz em toda minha vida como estou sendo agora com você, nunca fui tão amado se assim posso dizer, nunca fui tão bem cuidado. Desde que eu te criei em meus sonhos, minha vida começou a ter sentido e quando te encontrei na vida real, tudo começou a fazer sentido, tudo começou a melhorar, foi como se eu voltasse a enxergar a felicidade de ter uma pessoa ao meu lado que de fato possa me amar. Você trouxe alegria pra minha vida, você faz meu coração bater mais forte quando estamos juntos. Eu te quero pro resto dos meus dias, meu velho coração que já foi muito maltratado, pra sempre será seu, porque é só você que consegue fazer bater mais feliz, é você quem me faz

feliz, como ninguém jamais conseguiu me fazer feliz assim, a felicidade que eu descobri com você nunca mais quero perder. Demorei muito tempo pra te achar, pra achar alguém que completasse esse espaço vazio que havia aqui dentro de mim e você me preenche, me enche de alegrias diárias, queria muito alguém que me fizesse tão bem e, há exatamente um mês eu finalmente encontrei você! Na verdade, já te encontrei em meus sonhos há mais tempo que isso e hoje, de você, não quero jamais me separar, porque hoje eu sei que a cada dia que passa, mais perto estaremos de ter nossa família. Estamos bem perto de dormir e acordar juntos, não mais apenas nos fins de semana. Quero poder te perturbar todos os dias, quero te irritar o dia todo, quero todos os dias te fazer sorrir, quero apenas te fazer feliz, estes são os planos que tenho para as nossas vidas, obrigado por me fazer tão feliz assim, e que venha mais um mês, um ano, uma década, um século, uma vida inteira pela frente Maria Eduarda, mas, aqui, agora, neste último capítulo desta linda historia de amor que não se acabara aqui, quando eu colocar o ponto final deste livro, vou revelar para todos a sua verdadeira identidade? Obrigado por fazer parte da minha vida. Eu te amo e pra sempre vou te amar. A vocês leitores, não é um adeus, é apenas um até breve porque vou escrever agora o diario da

minha felicida quando de fato eu encontrar a minha Maria Eduarda real.

Gratidão a todos

FREDERICO ARANTES

(Autor)